나의 미친 페미니스트 여자친구

她厭男，她是我女友

閔智炯——著

黃莞婷——譯

來自各界的共鳴

當激進女權遇上韓男，戀愛是可能的選項嗎？

從《82年生的金智英》開始，臺灣出版界掀起了一股翻譯韓國性別議題相關著作的風潮。韓國社會的性別不平等程度遠在台灣之上，但韓國的性別議題出版品數量卻遠勝於台灣。

《她厭男，她是我女友》是一本切入角度相當不同的作品。性別運動經常被笑稱是最「與敵人共枕」的運動，對多數的女性主義者而言，在對抗父權體制的同時，每夜枕邊躺著的都是一位父權體制的既得利益者。而這中間的親密關係如何維繫、如何彼此理解，是改變還是不改變，就成為了比經營議題更困難的問題。

在這個基礎之上，本書甚至走得更遠一點，由「敵人」的角色作為出發點，透過也許有點無知、也許充滿刻板印象的韓國歐巴之眼，一步一步去看見當代女性主義者們可能遭逢的質疑與困境。與其說這是一個戀愛故事，不如說是一則迎向未來的序章。

而結果是光明還是黑暗？就端看讀者怎麼詮釋了。

在作者口中的「三十多歲女性主義者的戀愛陰屍路」上前進，有不成為喪屍還繼續活下去的可能嗎？戀愛，可能嗎？

如果韓國的女性主義者都能在對女性主義極不友善、充滿喪屍的路上試著活下去，那也許父權宰制的病毒，會有全人類都可以獲得免疫的一天。

——女性主義者／周芷萱

這是個憤獸之鬥的故事。當傳統的韓男與美麗的復仇女神相遇，他圈養不了已經蛻變的現代女性主義者，反之，他得跟著女神走上一段困惑的探索旅程。為何女人如此性感，充滿力量，但又如此不可控制？為何女友如此善良美好，卻又如此憤怒？

女人的憤怒絕非無的放矢，而是淵遠流長。受壓迫的女人，不是任何一個人，而是所有人。這是個不可能再關上的潘朵拉盒子，是千百年來壓抑、欺凌、侮辱的力道，將女人壓制濃縮成一個集體——怒力十足，值得玩味。像是牛奶不斷凝結、不斷加熱，糾結成塊再被切割翻轉，碎裂還要再擠壓，層層堆疊後等待時日，最後成為氣味濃重的起司。不是每個人都能接受，但她滋味飽滿，營養豐富，可以賦力與人，滋養身心。

然而，一組亙古的矛盾也在故事裡呼之欲出：女人的憤怒當然是衝著男人而來，女人的愛卻也可能衝著男人而來。探索自己的憤怒之際，如何實踐平等的兩性互動模式？違抗父權加諸的模板，拒絕進入剝削的婚姻；但女性主義者心中是否仍然有其他以愛為核心的家庭願景？我們是否能為自己創造出自由而包容的新世界——所謂包容所有人，意味著男人也在包容之列？這是本書停下腳步之處，卻是我們所有人的起點。

——作家／許菁芳

你是女性主義者嗎？你覺得女性主義者過於激烈嗎？如果這兩個問題你覺得難以回答，那麼試著思考第三個問題，為什麼女人需要喊出「我的身體我自己決定」這句話？如果你仍一頭霧水，想著女人的身體何時受到控制了，那麼你絕對是這本書的目標讀者，沒有人比你更理解男主角無可奈何、一籌莫展的心情。

當性別平等成為網路爭執常見議題，身為女性，我感覺有一部分的人努力維持理性溝通的，但有更大一群人以各種激烈爭執固守自己的性別安全堡壘（不分男女），在他們眼中，女性主義者總是在謾罵、沒事挑毛病，對明顯有性別歧視的網路貼文失去幽默感，檢討受害者就絕對會被檢討，根本是只想主張自身權利卻不肯盡義務（例如當兵）的仇男酸民。

其實當一名女性主義者超累的，誰不想過一般人的生活，聊一些平凡無聊的話題。但當你吃午餐時看到新聞播放某件性侵案判刑結果讓人失望；在大學校園跑步時想到某個女大學生被跟蹤者騷擾傷害；朋友約夜店或唱歌時，你又想到不久前有女性被下藥強暴。女性主義者不是故意一直找麻煩，而是整個社會在找女人的麻煩，還要女人乖乖過著「如以往安適的生活」就好。與其討論這個世界哪來這麼多女性主義者，不如來想，這個世界是怎麼把我們打造成女性主義者的，那過程其實很不愉快，所以必須起而改變。

——文字工作者／諶淑婷

到底瘋的人是誰！這本小說適合給那些堅決不跟女性主義者交往的男人，不只是那些老是自顧自擔心女朋友的男人，更要特別推薦給會對暴露在日常生活危險中的女人說「不是所有男人都是潛在犯罪者」的男人。

——社會學家／吳燦浩

跟非女性主義者的男人談戀愛，可能嗎？這本小說探索著這個有趣問題的答案。從一般韓國男性視角來看，這可能是個關於「瘋狂女性主義」女友搞笑又諷刺的黑色喜劇，但在某些如宇宙盡頭般遙遠的角落，有一群人正發出深深的嘆息。希望那些會問「他的女友也是女性主義者嗎？」的男性務必閱讀這本書。

——《GQ》主編／李藝智

專文推薦

見鬼的女性主義者

小說家／劉芷妤

剛從責編手上拿到這本書的書稿時，書名還是從韓文書名直譯過來的《我女友的瘋狂女性主義》，在我讀的過程中，我也一直覺得這書名挺好的，那「瘋狂」兩字表達了書中第一人稱自述的「我」對於女友用行動實踐的「女性主義」並不認同，甚至認為那脫離社會常軌，不只自己不認同，「想必」「大家」都不認同吧。而這個猜想也確實從書中得到驗證。

老實說，我覺得激進女性主義者充其量是「仇男的女性酸民」罷了。與我同齡的男性們和我想法如出一轍，不，不只男性，思維清晰的女性們也是這樣想。

作為一個很想要得到「思維清晰」這個形容詞的女性，我在讀到這一段時還停下來想了想——沒錯，至今我還是不能完全擺脫「好女人」這個牌坊的誘惑，在手機上電腦裡影視戲劇的螢幕中，我無時無刻不在對抗自己「回到那一邊去日子過得比較輕鬆」的渴望：對呀，幹嘛這麼政治正確？對呀，為什麼一直以來都很浪漫的事非要指出其中扭曲的價值觀？對呀，妳活得那麼累幹什麼？每件事都要找碴幹什麼？別人在反對墮胎法在提倡同志權利妳跟著去遊行幹什麼？妳懷孕了嗎妳需要墮胎嗎妳是同志嗎？左膠也要有個限度吧？

我想每一位「思維清晰」的男性與女性，想必都這麼疑惑著。更別說是書中的男主角「我」，雖然思維清晰，條件優秀（這在書中藉由他自己和別人的嘴巴強調了相當多次），但卻不幸因為交往的對象是個女性主義者，活得好好的正常人生，不得不落進這個難題裡。

由這個脈絡來推敲，就可以發現，《她厭男，她是我女友》這個臺灣版書名取得有多好，這個書名一方面以「厭男」取代「瘋狂女性主義」，展現了「我」這類思維清晰的人士對於「女性主義」的簡化看法；一方面從這類「你有缺陷但我仍愛你」的句型中，透露出自己為了愛，對於女友堅持要把應該約會的假日用來參加遊行、關心性別相關新聞導致心情每天都很差、實踐女性主義捍衛自己權利的種種出格行徑，有種微微翻白眼的無奈、心疼、包容與深情，「雖然如此，她依然是我深愛的女友」。

作為一個我自己的小警總，這故事讀著總會回頭反省一下，我要是發現我的伴侶在網路上其實是個母豬教徒，恐怕沒有辦法像「我」這麼「為愛忍讓」。然而有愛就夠了嗎？身在這個時空的臺灣，在每天超載的資訊爆擊下，我們不時就要面臨不同的價值觀拉鋸，今天在性別議題上同一陣線的朋友，聊到環境議題可能就要摔筆電翻桌機，甚至單單是「性別議題」都有那麼多層次與面向，我們誰都可能一方面很有平權意識地譴責性暴力，一方面依然被整個結構裡根深柢固的洗腦教育控制，說出「這不過就是個玩笑／表演／遊戲／電影，有必要這麼糾察隊嗎？」

這世界很新，跟著演算法不斷變化，而腦子更新的速度遠遠不及數十年人生的遺毒，我們是活在這樣的時空背景裡，連自己都必須時刻警醒於還藏在腦袋深處的體制遺毒了，自然幾乎沒有任何人真的可以找到價值觀完全相同的友伴甚至戀人，即使有那樣的靈魂伴侶，也很可能因為彼此接收的資訊不同、更新速率不同、成長方向不同而漸有分歧——於是我相信，在這個世界上真正重要的，並不是該怎麼樣（全方位地）用自己的價值觀說服別人，而是如何與多多少少和自己不太一樣的他人相處，甚至相愛。

而這個故事，可能正是用最容易挑起對立的性別平權與最理所當然的戀愛婚家，試著靠近這個主題。

讀這本書很容易入戲，也很容易出戲，而兩者原因都同樣是「太靠近了」。即使各種統計數據一直告訴我們：「臺灣是亞洲最性別平等的國家。」但在這個故事裡，我很意外地並沒有感受到「那是韓國才在操心的現象，跟我們現在煩惱的事情不一樣」，如果不相信，請讀讀以下這幾句：

「人家的意思是妳很可愛，有撒嬌的本錢好不好。」

「妳不覺得妳的想法很矛盾嗎？妳自己也擔心走夜路，每天都說這個世界不適合女人生活，那妳為什麼要晚回家？明知道晚上危險就應該早點回家！」

真的很遺憾，身為傳說中亞洲最性別平等的國家，我們和後面幾名的差距似乎正在縮小。

請別誤以為故事非常說教，故事的節奏輕快，說著想要相愛也曾經相愛過的兩個人，試著在自我價值和執子之手之間找到平衡的努力，那並非一句「這種情況我一律建議放生」可以解決的。閔智炯作家以一種颯爽的姿態，來描寫這個可以說是現代《羅密歐與茱麗葉》一般絕望的故事，一個「正常男人」到底要怎麼跟「激進女性主義者」相愛甚至走入婚家制度呢？故事中描述的不只是兩人之間的衝突，更是他們與這不甚友善的世界之間的衝突，兩個在現代社會已經工作一陣子的成年男女，畢竟不能夠再是羅密歐與茱麗葉，在莎士比亞的筆下，兩個主角年紀那麼小而且沒有網路，相愛的時間又短到不夠暢談彼此的價值觀（畢竟嘴巴可能都用來接吻了），但，那或許才是能夠願意為對方去死的主要原因。

「你是有一點韓男的氣質。」
「噗哈哈哈！胡說八道。哪裡有比我更善良，替女友處處著想的男友。」
「就是因為這樣，我才說你有韓男的氣質。」
她的話使我再次爆笑，怎麼會有這麼可笑的笑話，她也衝著我笑，是那種萬念俱灰的笑容。

那個萬念俱灰的笑容，讓我第一次在這個故事裡泛淚。啊我多麼懂那個萬念俱灰，多麼懂那個哭不出卻不自覺笑了的萬念俱灰。對這個世界，除了這樣的笑容，有時候我找不到其他應對的表情。

整個故事末了，待我讀到作者後記時，又再一次感受到心臟重擊，既淚且笑，又驚又悲又喜地發現作者將三十多歲女性主義者的戀愛比喻為「陰屍路」。

在臺灣，對於開始接觸並認同女性主義的人，有個非常接近「陰屍路」的在地說法，叫做「開天眼」，指的是當某個人開始理解女性主義並用這樣的知識去觀看世界時，會發現這世界充滿了反女性的人事物，就像一個開了天眼，從此看得到鬼魂的人，往後便不得不時時刻刻意識到這個世界鬼比人多。而他們共同的痛苦也很類似：在大多數的人看不到鬼、害怕鬼，甚至不知道更不承認自己就是鬼的情況下，這餘下的人生該有多麼舉步維艱？

而日子還是得好好過下去，於是我們假裝看不到鬼，或者說，至少不要看到那麼多鬼，看到「大部分的人都看得到的那些鬼」就夠了，於是我們譴責性暴力，但還是默許流行文化裡充斥著拐彎抹角的厭女、鼓勵侵略性的追求、嘲弄勇於對抗歪斜價值觀的人們。鬼無所不在，為了生存，成為一個思維清晰的可愛女人，偶爾在生活、在網路上發表「我也是女生啊，我就不覺得這樣有什麼不對。」的正義之聲，總是比較容易，比較討人喜歡。

有時候，當鬼比看見鬼更容易些，至少比較容易否認。雖然我們心底知道，每一次的討人喜歡，其實都是討鬼喜歡。然而即便見鬼這件事真是見鬼的痛苦，但讀到後記中作者寫下「我衷心希望這本小說中提到的故事，在不遠的將來都能成為歷史，讓我們能盡情嘲笑『二〇一八年還有過那樣的事情』該有多好。」我知道，要讓這個希望成真，而不是在未來繼續掛著萬念俱灰的笑容，唯有與開了天眼的自己和解，甚至願意不斷修正自己，找出更多埋藏在自己骨子裡的鬼，真正成為一個討鬼厭的，見鬼的女性主義者，未來才終有稍稍靠近這個龐大願望的可能。

致我的前男友們

目錄

序言

「歐巴，在想什麼？」

坐在我對面的曖昧對象的聲音一下子讓我回神。

「嗯？沒什麼。」

我露出若無其事的笑容。

八月某個平凡的週末。我和朋友介紹的女孩正在第三次約會。

她個性善良，不僅如此，也擁有我所喜歡的雙眼皮、大眼睛和雪白膚色。

即使面前坐著這樣的女孩，我腦海中卻仍浮現著一幅機場的畫面。

陽光透過玻璃窗照入機場。在廣播通知、輪胎刮擦聲和人們談笑聲中，

有一個女人沉默地站著。

四年前，我也有女友。

在畢業前那個學期的法文重修課上，她是唯一一個和我有相同處境的同齡生。她和每日忙著準備就業考多益的我不同，她可以優閒地參加電影節，或是去當舞臺劇工作人員。

有點奇怪的她引起我的好奇心，很快地，好奇心變成了好感。我幫她檢查課堂作業，找她一起準備考試，努力追求之後，我們終於成為了情侶。那之後，天天形影不離。

她包容了應屆畢業生巨大的不安與神經質，是讓我小鹿亂撞，又自在舒服的人。

我有生以來第一次有這種感覺，我深信她就是我的真命天女。

二〇一六年八月，我們迎來交往一週年紀念日，而一週後，我將飛往美國。我們將展開為期一年，時差十六個小時的遠距戀愛。

最後，是個不容易的決定。當時，我陷入了找工作的泥沼。在求職都停擺的狀況下，我絕對不能錯過那個實習空缺。家人、朋友、學長姐弟妹和教授，所有人意見一致，唯一反對的人就是她。決定好出國日後，她每天淚流不止。

我出國的那一天，按理說，應該是親吻承諾，我們一定能撐過這一關，即使身體遠離，但心也絕對不分開才對。但那天，她的一則訊息代替撲向我的懷抱。

幾年過去，我仍清晰記得那封訊息的每個字：

勝俊，我想了很久……

我實在辦不到。

我沒自信和你分隔兩地。

對不起……

我很想見你，可是我沒自信在機場笑著擁抱你。

我們分手吧。

讀了那封訊息，我的淚水瞬間氾濫，打了數十通電話給她，卻無人接聽。

不管是實習空缺還是什麼，我都不想管了，只想奔到她身旁。也許，這也是她所期望的？在我想東想西的時候，時間依然流逝著。

可是，三十分鐘後，我走向了登機閘口。我當然真心愛她，可那封訊息給我的傷害和背叛感過大。怎麼能提分手？我恨透她了。

當我拿著護照和機票排在登機入口的隊伍時，我始終不敢相信，不過才一小時，我的處境居然和我的期待有著天壤之別。一想到去美國要適應新生活，就讓我痛苦寂寞。淚水彷彿又要流下，我潛意識地撇開頭。

那時，我模糊的視野裡出現一個熟悉的身影。遠遠地望向這邊，穿著黑色連帽T恤和黑色緊身褲，用袖子擦淚的她的模樣。好巧不巧，檢查人員拿走我的護照和機票，我像瘋了似地搶回，脫離隊伍朝她的方向奔去。

但我怎麼也找不到她。我在原地繞了好幾圈，直到過了登機時間，機場廣播著我的名字，我仍不停地尋找她。

我不想相信也不願意承認，但除了看錯之外，沒有別的解釋。是我想見她的心過於迫切，以致出現了幻覺吧。可是，那「幻覺」過於清晰，變成了我對她的最後印象。之後，我再也沒見過她了。

搭了十幾個小時的飛機抵達陌生城市，我卻因機上的便宜紅酒而宿醉頭痛。奇妙的是，酒醒後的我與過去的我判若兩人。

在美國的一年，不管是韓國人、日本人或美國人，我像是發現了自己也不知道的新才能，來者不拒，跟各種女人交往。是不是愛情一點都不重要。我不想再被簡訊分手、再因女人而哭泣了。也的確沒再發生過。

事情過了四年，我以為我忘得一乾二淨，可是，為什麼那一天又突然浮現腦海？我明明克服了，好好地過著我的人生。是因為剛才窗外開過的機場巴士嗎？還是因為拖行李路過的觀光客？

「歐巴，你喜不喜歡看展覽？我朋友說藝術殿堂那邊有很有趣的展覽，下週就撤展了……」

「啊，這樣嗎？我喜歡展覽！是什麼展覽？」

不曉得是不是發現我的心不在焉，對面的女孩用可愛的語氣和表情，努力吸引我的注意。這句話的意思是下週見吧？今天是朋友介紹後的第三次約會，也是時候決定兩人關係。因為這是處於遊戲中的選手間某種無須明說的約定。

她是比我小四歲的平凡上班族，有著美麗的長髮和豐滿的身材，會撒嬌，渾身充滿女人味。我們沒什麼共同的興趣愛好，其實，我不太清楚她的興趣愛好。但她很愛笑，也很積極附和我的話題，所以溝通沒什麼困難。看起來生長在一個備受疼愛的小康家庭的她，時不時偷偷賣弄著魅力，性生活應該也會很不錯，好像會是個賢內助，似乎也很會教養孩子。作為結婚對象來說，她真的很不錯。

怪就怪在，我好像很難跟她繼續交往下去。這些女人大多渴望步入婚姻，家裡也催促著婚事，而我也有想婚念頭。老實說，我本來以為我三十歲就會結婚生子。

天涯到處是芳草，大半芳草都鍾情於我，只要我下定決心就行了，但真要付諸行動，我卻屢屢卡關，現在眼前的女孩也一樣。當我想像和她的未來時，眼前一片茫然。看到她對我的期待眼神，更是如此。

我發呆聽著她說從朋友聽來的、但說不定是拚命蒐集網路資料所找到的法國作家展覽資訊。

這次我該怎麼做才好？

1 巧遇的她

「我朋友在附近，我去見朋友。」

這段日子以來，我們約會結束後，我會送她到家附近，今天她卻先開了口，幾小時的吃飯喝茶，按理說應該要「確定關係」，我卻什麼也沒說。她的表情一如既往地平靜，但說不定等等跟朋友見面，會把我罵得狗血淋頭吧。

「回家小心。」

她活潑的笑容與有禮貌的姿態，反而讓我更悶，我決定散步緩解不怎麼愉快的心情。去你的確定關係。老實說，比起沒確定，是確定不了，我就是開不了口說要確定關係，所以被女方埋怨是天經地義的，為什麼這種話題總是要男人開口？一股委屈感油然而生。

我本來想約朋友喝一杯，但馬上作罷，因為那些傢伙大部分都是有婦之夫，週末晚餐約吃飯根本是天方夜譚。

是因為這個女孩不對嗎？我需要找人介紹新對象嗎？想著想著，我不自覺嘆了口氣，「這到底是第幾次？」自我介紹、喝茶、尷尬寒暄客套……我真的膩了。

走了一陣子，我不知不覺走到了普信閣前的十字路口。正逢日落時分，夕陽染紅了天空，週末的鐘路人來人往，這附近擴音器不斷地傳出激烈口號聲，是太極旗集會*嗎？反正我不想接近喧譁的地方，是時候該回去了。

「女性不是生子工廠！」

「不是！不是！」

迴盪在我耳裡的，是比預期中更年輕的女孩的聲音。

「孩子媽在受罰，孩子爸跑去哪了！」

「家事孩子全丟給女人，這是在懲罰女人！」

「處罰男人吧！」

這些口號不算陌生，但我卻感到有些神奇，我好奇地看向路對面，那裡有列隊成陣的警察和坐在警方前的人們，跟到處掛起的布條字句。

「墮胎合法化！」

「我也是生命！」

聽這些女人的呼喊聲，難道她們是「激進女性主義者」？

我不喜歡浪費能量的網路活動，比方說無謂的網路引戰，不過，瀏覽網站還是很有意思的，所以我一天會去看一兩次母校論壇。不知從何時起，論壇回文數最多的話題是：男女差別待遇、逆向歧視、性犯罪、女性主義……

譯註：太極旗集會是韓國前總統朴槿惠支持者們舉行的反對彈劾示威集會。

網路論壇上相關的激烈爭執真的有夠奇怪，就像是一群極度厭惡男人的討厭女人的無理謾罵行為，每句話都以該死的「韓男」＊作結……男人僅僅因為出生在韓國就被罵到臭頭。我究竟做錯了什麼？不要說性侵，我沒動過女人一根寒毛，每次出門的約會費用全是我出，約會結束後，我還會很有紳士風度地送女方回家，為什麼連我也遭殃被罵？為什麼我也被她們視為潛在犯罪者？

老實說，我覺得激進女性主義者充其量只是「仇男的女性酸民」罷了。與我同齡的男性們和我想法如出一轍，不，不只男性，思維清晰的女性們也是這樣想。激進女性主義者的主張毫無邏輯可言，不過是單純發洩情緒，因為她們凡事都在主張自身權利卻不肯盡義務，因為她們只是不想受到差別待遇，想被人保護而已。男人們累成狗，沒得到半點好處，幹嘛老是說我們占了便宜，這不是耍賴是什麼？

最近我逛社群網站，偶爾會有文章中提到，太害怕自己不小心交往到激進女性主義者而自願當單身漢的男人，而我身邊的女性、女同事，又或者過去的約會對象，她們沒有一個人是「激進女性主義者」。那些女人究竟在哪裡出沒？難道就像網路文章所言，那些女人全都是「肥婆」，所以全部宅在家？今天和我約會的女性，會撒嬌，說話溫柔，我的相親對象全都是這個樣子的，我現實中遇到的女性都跟網路上說的激進女性主義者形象差了十萬八千里。

這一天我終於目擊到傳說中的激進女性主義者，所以我單純出自好奇心，想看看什麼樣的女人會是「激進女性主義者」？

恰好紅燈轉綠，我忍不住好奇地跟著洶湧的人潮走向了普信閣，我佯裝成到鐘閣站小吃街辦事，接著小心翼翼地轉移了視線，一步步走近示威現場。

我靠近後才發現那些女性示威者全部都穿著一身黑衣，穿戴口罩和帽子，壓根認不出她們的真面目，我唯一看出的只有她們大多是短髮，體型各異，

譯註：韓男是韓國男性的縮略語，帶有貶意。

和網路上流傳的肥婆體型不一樣，其他再也看不出來了。

一無所獲。太無趣了，我決定打道回府，於是回頭走向普信閣那頭的鐘閣站出口，結論是我對今天約會的女性興趣缺缺，我是不是該下載職場後輩們推薦的約會ＡＰＰ？正在我邊走邊盤算之際，我的眼神恰巧對上一名剛走出示威現場的黑口罩、黑衣、黑帽的「激進女性主義者」。事實上，我只看得到她的眼睛，所以我沒有任何想法地走向斑馬線。

問題在於下一刻。那名黑衣「激進女性主義者」不知何時走到我的身旁，盯著我看。這是什麼情況？我轉頭看她，有股不祥之兆，首先我不像她，我沒穿戴口罩或帽子，毫無防備的暴露狀態讓我有點不安。雖說這個女人身高只到我肩膀，且體型偏瘦小，不太可能發生什麼事，但被奇怪的女人無緣無故地盯上，令我心裡直發毛。這女人搞什麼？我做了什麼嗎？她幹嘛對我這樣？

紅燈變綠的時間頂多一分鐘，而那一分鐘是我有生以來最漫長的一分鐘，對方遮住整張臉，相形之下，我露出整張臉，這讓我不快、害怕，滿腦子只想快點擺脫這個情形。

那個女人得寸進尺地光明正大打量我，我很想問她「妳看什麼看」，卻無法爽快開口。我有種不祥的預感，不是會有那種情形嘛，別人提前設好圈套，就等著我開口的那一刻往圈套裡鑽。我總感覺這不是一個能進行有邏輯對話的對象，加上有股莫名的預感，我認為從一開始就不要埋下禍根，以免後患，決定先閃為妙。

紅綠燈終於變了。

我就像一個久候起跑線的百米賽跑選手，在紅燈改變的瞬間，邁開大步走過斑馬線，我身後的綠燈在我過馬路的時候開始閃爍，並且發出陣陣嗶嗶提示音。這讓我稍感安心，隨即我的目光往後瞥去，我想確保那些瘋女人的口號聲和黑衣黑口罩都消失，而我也回到我正常的人生。

在我回頭的瞬間，我看見那個一身烏漆抹黑的女人正向我「跑來」，正如字面所說，她「跑」向我，出於一種本能的恐懼感，我一身俐落裝扮，還穿著高級小牛皮皮鞋，卻只能做出一點都不搭的舉動——不管三七二十一地撒腿就跑，甚至無暇思考我把車停在哪裡。

就在我全力奔跑之際，迎面而來的人們紛紛露出驚訝和好奇的表情，他們的視線自然地看向我的身後，接連發出了不明就裡的「哇喔」和「嗚哇」驚嘆聲，我好奇，但我更害怕，以至於無法回頭看。

我心裡盤算，假如我沿著鐘路奔跑，可能會因為遇到太多紅綠燈致使速度變慢，立刻被抓住，於是我改奔向鮮有紅綠燈的小巷。當一棟疑似是兩層樓高的開放式商場映入我的眼簾，我心生一計，跑進男廁就行了吧？我突然覺得自己很像回到童年玩捉迷藏，不過總比展開荒謬的市區追擊戰好。

我跑進商場找洗手間，就在此時，「男性化妝室在二樓」的無情字句進入我的視線內，可能是最近運動量不足，我的體力逐漸達到最大極限。我氣喘吁吁地奔上了樓梯，等我跑到樓梯盡頭，已是大汗淋漓，活像尿急跑廁所的人。我慌亂地跑著，總算發現了男廁，就在我正抓住門把要衝進去的當下，一隻嬌小的手放上了我的肩膀，呃啊啊啊！飽受驚嚇的我失聲大叫。

「為什麼……為什麼要跟著我，真是的！」

那個緊追我不放的女人，如今就站在我身後，我與她四目相交，被口罩遮住大半張臉的她，圓眼變成了彎彎的月牙狀，那雙笑眼讓我的恐懼感達到了最頂峰。

笑？

「喂，金勝俊，好久不見。」

那一刻，黑衣女人拿下了左耳口罩繩，我頓時張口結舌說不出話來。

是她！

是四年前單方面通知分手的她。在我的戀愛史上留下最大傷害值和傷痛的她。

我最愛的女人，也是我的初戀。

她變成了「激進女性主義者」，再次出現在我面前。

2 乾脆不出現更好

「你幹嘛跑成這樣？你犯法了嗎？」

「喂！妳幹嘛不早點說話啊，盯著我看又死追著我，嚇死我了！」

「一開始我以為只是長得跟你很像的人，愈看愈像你，正打算和你搭話，你自己就一溜煙地跑掉了。」

她言之有理，我無可反駁。虛脫、荒謬，此刻我的心情難以言喻，我雖想過有朝一日與她重逢，但沒想到是用這種方式、這副德性。

怪不得有股奇怪的預感，本以為已經遺忘的四年前回憶瞬間湧現，說不定後來的我看到窗外有穿黑衣的女人走過也會下意識注視，正是因為四年前我在機場見她的最後一面，喔，不，是我單方面相信是她的那個人，也是一身黑衣。

一切過於突然、衝擊，她脫下口罩笑道，「因為你，我跑一跑肚子餓了啦，請我吃炸雞。」她厚臉皮到彷彿我們之間發生過的一切都不算什麼。

我們是可以笑著裝熟的關係嗎？偶爾想起妳，我還是會撕心裂肺，妳真是……內心五味雜陳的我卻違背本意地邁開腳步，向她推薦附近有名的炸雞店。

不知不覺間，我們面對面地坐下了。

「唉呦，好熱。」

她脫下帽子，順著她的動作，一頭短髮髮絲沿著下巴線散落。我們交往時，她留著及肩長髮，如今我總算看清了她的五官，她沒什麼變，馬上要三十歲的她帶著稚氣未脫的成熟，未施脂粉的臉龐和過去相差無幾。她以前就不會畫大濃妝，一方面是皮膚底子夠好，不需要刻意打扮，一方面是她會化妝的朋友只教了她一種畫法，然而在我眼中，她已足夠美麗。

「哇，我真的沒想到會這樣碰到你，喂，你看到我不高興嗎？」

在我調整呼吸的時候，她一點也不尷尬地嘟囔著。

「當、當然高興……」

雖說我的心情不是一句高興就能表達的。

「你過得好嗎？我們多久沒見了？」

「大概四年吧？還不就那樣過，上上班也沒幹嘛……」

「已經四年了嗎？哇……」

她一臉神奇，合攏雙手感嘆。

「妳呢？做什麼工作？」

「啊，我是編輯。」

「妳在出版社上班？」

「對啊，不過我最近考慮出來獨立。」

「這樣啊，我也很想辭職。」

仔細想想，我和她交往的時候還在找工作，滿腦子就業念頭，原來人心如此難測多變。

「妳以前就想進出版界，不是滿好的嘛。」

「好不好很難說。真的進入這一行就覺得不怎麼好。你呢？美國怎樣？過得好嗎？」

我們像是多年不見的老友般閒話家常，直到「美國」這個字眼喚起了我遺忘的情緒。這段日子以來，這個話題出現在我和朋友的酒桌上無數次，那次的離別傷我極深，讓我變得無比淒涼。當時的我孤獨怨恨地在陌生的小房間裡，度過了美國第一個夜晚，而我沒想過會和當事人聊起這個話題。

「……就那樣。」

「那樣是哪樣？」

「沒什麼……我不想聊這個。」

「為什麼？」

什麼為什麼……

她不當一回事的反問，讓我的理智一秒斷線。

「妳怎麼可以問我為什麼？」

她睜大眼，一臉狀況外地反問我，真是做賊的喊捉賊。

「怎麼了嗎？為什麼不能問？」

「妳那樣子……單方面簡訊分手，還問我為什麼？」

「……」

「妳讓我多難受、傷我多深，現在隨隨便便出現在我面前，好像什麼事都沒發生過……我和妳是在辦兩人同學會嗎？」

說著說著，一股辛酸湧上心頭，我氣憤到直接飆淚，哇，今天到底是什麼日子？整個走霉運衰到爆不說，我萬萬沒想到我會坐在上班族最愛的炸雞店裡哭，我對自己感到萬分心寒，於是飛快地擦掉淚水。

原先默不作聲的她突然大吼說：

「有人叫你走嗎！」

「……？」

她的雙眼噙淚。

「是你自己要去的！我叫你不要去！你以為只有你難受嗎？你又懂我的心情嗎？」

不知何時她情緒潰堤，埋首痛哭，我當場嚇到眼淚頓時收回。

「那個……」

我不知所措地碰了她的肩膀。

「不要碰我！」

她整個身體縮起來尖銳地說，然後又哭了好一陣子，她哭，我也只能坐在一旁發愣。那個單方面傳分手簡訊，連我飛去美國的十三、四個小時之間，一則訊息都沒有，之後無情斷絕聯絡的壞女人到底是誰？

我的朋友們知道這件事後，紛紛問我她是不是劈腿了？她是不是一知道我要去美國就劈腿？我之所以沒有嚴正申斥朋友們對她的責難，是因為如果我不那樣想，會撐不下去。

然而那樣的她現在卻在我面前哭泣。女人心，海底針。

店員看到她低頭抽泣的樣子，十分彆扭地把啤酒和炸雞放上桌，在我們的餐點還沒上桌前，我們就已經吵翻天了。

我們荒謬離譜的行徑把彼此累得筋疲力竭，最後默默地吃起了炸雞，我跟著她舉起啤酒杯乾杯，涼爽的生啤下肚，杯子瞬間見底。等我稍微緩過情緒之後，我慢半拍意識到自己的樣子有多窮酸，剛才跑得滿身是汗，我一定變得很落魄吧……那也沒辦法，今天是帥不起來了。

我讚歎著炸得酥脆的外皮後大啃炸雞，想也沒多想地說：

「妳用那種方式分手，害我現在不敢相信女人了。」

「少在那邊搞笑。」

「真的好不好。在那之後，我在美國和韓國都沒談過像樣的戀愛。」

她敷衍點頭，回嘴：

「我才不敢相信男人了好不好，雖然未必是因為你。」

「為什麼？」

「因為遇到了太多瘋子。」

「什麼瘋子？」

「就是瘋子……」

「妳幹嘛跟那些瘋男人交往？妳條件哪裡不如人了！」

我有說這種話的資格嗎？不好說，但我忍不住怒氣沖沖地開口，她本來安靜地啃著炸雞，靜到讓人擔心不知道何時又會落淚，然而她下一秒提高音量說：

「瘋子額頭上會貼著我是瘋子嗎？我要怎麼知道他們是瘋子，避開他們！我以後不交男朋友了。我受夠韓男了。」

天啊。

我不覺間爆笑出聲。

「哇，妳剛才說了『韓男』嗎？」

「是啊。」

「我第一次親耳聽到人家這樣說。」

「你不上網嗎？」

「上啊，所以我才說第一次親耳聽到！」

我是真心感到神奇才這樣說，但她一臉心寒。

「看你身邊的人，我可以大概猜得到。」

我看著她冒出了一個有趣的想法。

「喂，那我也是韓男嗎？」

「我哪知道你現在是怎樣的人？」

「那從四年前看來呢？」

她露出無言以對的表情後蹙眉認真地回想，這算什麼，我為什麼要緊張？等待她回答的時間，我緊張地喘不過氣，她總算開口：

「你是有一點韓男的氣質。」

「噗哈哈哈！胡說八道。哪裡有比我更善良，替女友處處著想的男友。」

「就是因為這樣，我才說你有韓男的氣質。」

她的話使我再次爆笑，怎麼會有這麼可笑的話，她也衝著我笑，是那種萬念俱灰的笑容。

我笑著反覆咀嚼著她的話，後知後覺地拼湊好拼圖碎片。

「所以妳是因為這段時間和瘋子們交往，才去參加激進女性主義者們的示威活動？妳該不會遇到恐怖情人，被對方施加約會暴力吧？找死……是哪個混帳？」

這次輪到我正經八百的樣子逗笑她。

「哇，我第一次親耳聽到男人說激進女性主義者。」

「妳不上網嗎？」

「你知道我剛才參加的是什麼示威活動嗎？不然為什麼這樣說？」

「呃……懷……孕？」

「嘖，算了，你出去不要亂說這種腦殘的話。」

她沒好氣地說，害我又笑出聲，因為是她口中說出來的，所以聽起來有點可愛。

「妳說什麼？腦殘？妳一個出版業上班族可以用這種詞彙嗎？」

「哈，因為沒有別的詞可以形容你了。」

「要不是我說的這樣，那妳為什麼要去示威？四年前妳對那種事情根本不感興趣。」

「是嗎？」

以前的她絕對和社會運動家有一定的距離，比起新聞和紀錄片，她更喜歡小說和電影，這個世界是這個世界，我是我，大概是這種感覺。

「這個世界把我打造成了一個女性主義者，怎麼辦才好？」

「女性主義者？哇，厲害喔。」

「女性主義者這個詞彙你也是第一次親耳聽到嗎？」

「是啊。」

我點頭，她又笑起來了，接著她的視線飄向虛空中感傷地說：

「如果我們現在才認識，一定不可能交往。因為是那時候，因為是四年前，所以才能交往。」

「是嗎？大概吧……」

我嘻皮笑臉地點頭。

沒錯，就算是她，我也不可能會和傳說中的「激進女性主義者」，不，和女性主義者交往，天涯何處無溫柔又善良的「優質女孩」，我何必單戀一枝花……

我們兩人陷入尷尬的沉默中，我再次伸手拿了最愛吃的雞翅，這次卻吃得有點不是滋味。

「不管怎樣，能這樣碰到也是一種緣分。很高興見到你。」

她直爽地說，彷彿想化解這份尷尬。我們重新乾杯，鏘，酒杯清脆的碰撞聲。

接著……

我再次睜眼，看見的是陌生的天花板，我想起身時卻驚訝地發現她赤裸地睡在我身旁。這裡是旅館。到底怎麼一回事？我從床上坐起，因宿醉帶來的頭疼，我抱頭拚命回想昨晚的事。

「喂，我們續攤吧！再喝杯燒酒！」

「續第三攤吧！再續一攤，這附近有不錯的酒吧！」

就是這樣。多年不見的她變成了「激進女性主義者」是有點怪，可是和她一起喝酒實在太有趣了，所以我假借「現在是同學會」的名義纏著她續攤再續攤。

「你知道我以前有多喜歡你嗎？」
「我更喜歡妳好不好！」
「才不是。我更喜歡你。」
「我那時候真的哭超慘的啦。」
「我哭得比你慘好不好！」
「我被心愛的女友甩掉，一個人孤零零到美國的心情，妳最好會懂啦！」
「你不想我嗎？」
「我不想回答。」

「為什麼不回答？回答嘛，說嘛！你說看看嘛！」

斷片前的回憶全都是天真爛漫的胡言亂語，我們哭哭啼啼地鬥嘴談著四年前的事，到了凌晨三點我去結帳，她從洗手間回來……我們一起走出店外。

「妳怎麼回家？要幫妳叫計程車嗎？」

「嗯？嗯……」

在小酒館前的無人巷弄，喝醉而步伐踉蹌的我們對上眼的那一刻，沒有誰先動作，我們就像有著強烈吸力的磁鐵般互相吸引，朝著對方的嘴唇而去。我們熱烈地親吻，就像等這一刻等了一輩子的人。真是美好的感覺。我們緊緊擁吻，自然而然地來到了這裡……我抱著一線希望掀開棉被，只看到脫光的衣服和用過的保險套。

「嗯……」

身旁的她發出細微的呻吟聲，我看著一絲不掛的她，四年前的情景和那時候的心意死灰復燃。果然，不管是她或是我，昨天的反常和偶然的重逢，算是我們對彼此都留有迷戀嗎？是因為對對方還有意思嗎？我見過許許多多「優質」女人，她的條件沒有那些女人好，甚至會穿著黑衣參加奇怪的集會，超扣分，但關鍵在於她是她，沒有任何條件能取代這一點。全世界只有一個她。

我在每個女人面前都保持平常心，唯獨能讓我做出狂奔、哭泣和種種不經大腦的衝動行徑的人，只有她。而她性感如昔，我（以前也）很喜歡。

我的戀愛和約會觀非常傳統，或許她的出現真的是一種命中注定，從她願意和我過夜看來，她的心也和從前一樣。想著想著，我不由自主想入非非，她的睡臉真可愛。

「靠，胃好疼……」

這時她翻身呢喃，而她那富有彈性的胸部晃動著，儘管她皺起的臉上有眼屎，我還是覺得她很可愛。

「睡得好嗎，漂亮寶貝。」

我躺低依偎到她身旁開玩笑說，真是浪漫到不行的早晨！

「噁，你在幹嘛啦？」

她開口的第一句話卻是這種話，甚至出手拍掉我托著下巴的手。

「妳幹嘛！」

丟「面子」的是我，她卻不理不睬，逕自瀟灑起身，從內衣褲到衣服一一穿戴整齊。

「好累。吃個解酒湯再回家吧。你很忙，你就先走吧。」

什麼？解酒湯嗎？現在這種情況吃什麼解酒湯……

「搞什麼鬼，現在是什麼情況？」

「怎麼了嗎？」

又！又是那種若無其事的表情。是那個以前經常惹毛我的表情。

「我們不是一起睡了嗎？」

「所以呢？」

「四年前相愛分手又重逢的關係變成這樣的話……」

「這樣是怎樣？」

真的是！我忍不住大喊出聲。

「什麼啊！」

「幹嘛生氣？你想說什麼？」

我在床上語無倫次的時候，她穿回了一身黑衣，回到昨晚令我害怕的那個樣子。

「妳跟我睡不是因為妳對我還有感情嗎？不是要跟我復合才跟我睡的嗎？」

「這件事不是昨天說過了嗎？我們以前交往過，現在不能交往了，我們不合。」

她假裝理性地說。

哈，搞什麼鬼，這種差勁的心情算什麼？那個角色本來應該由我扮演才對，在旅館醒來的早晨，女人問「我們現在是交往了吧」，男人打馬虎眼，「慢慢來吧」、「我們其實沒那麼合得來」打發掉女人的角色。

「只要喜歡不就好了。合不合得來一點都不重要！妳不是也喜歡我嗎！」

可是今天我只有氣得跳腳耍賴的分，可惡，她發出嘖嘖聲，揚起假笑。

「喂，大家都是三十歲的人了，你有夠扯。快點穿衣服！不然我先走了？」

我迫不得已地下床，撿起散落一地的衣服，穿上。不知道是不是因為昨天流了太多汗，衣服穿起來很不舒服，而我的心情更不舒服。

「那妳為什麼要跟我睡？為什麼！」

我邊把腳穿進褲管邊嘟囔，大錯已鑄成，在她面前我又何必保持紳士風度，她露出了介於煩躁和煩惱之間的表情，無奈回答：

「我也不知道！太久沒見面又加上喝了酒，心情就像回到過去……太久沒做，所以發情了！你不是也很開心嗎，那不就夠了，不是嗎？」

發情？發情？

她高尚的用詞氣得我頭昏腦脹。

「去吃解酒湯吧？我請客。」

她略顯抱歉地勾住我的手，就連那個微妙的表情也讓我覺得極度礙眼，不過我還是和她面對面坐在了二十四小時營業的解酒湯店。

「哇，一定很好吃。」

熱騰騰的湯頭香味撲鼻，她把蝦醬加入湯裡，邊感嘆邊興奮地攪散。我也討厭那個興奮的模樣，所以選擇保持沉默。

呼嚕嚕，呼嚕嚕。

我們安靜地吃著血腸湯飯，溫熱的湯頭讓我的胃變得舒服，但我的心情依然不舒服，如之前說好的，這次她請客。

我們吃完出來，她掏出香菸叼在嘴上，我詫異地問：「妳抽菸？」她滿不在乎地答：「昨天出去抽了好幾次。」看來我醉到忘了，她抽菸的樣子太帥氣，戒菸的我被勾起菸癮，加上想抒發心情，所以搶了她一根菸，跟著抽起來。

星期日早晨，市區街道靜謐清冷，我居然從旅館起床吃解酒湯，好久沒發生這種事了。現在的我不覺得短暫的關係有趣，老實說只是打發時間罷了。

我到想安定的年紀了，Love of my life，我在尋找我生命中的那個女人，說不定那個人就是妳。

「所以妳真的不打算和我重新來過？」

我明知這個問題超窩囊，還是忍不住舊話重提。她笑答：

「你都說我是激進女性主義者了，你不是討厭激進女性主義者嗎？你這個韓男。」

真讓人洩氣的回答。

「妳本來不是那種人！」

我心煩地提高音量，她快速地抽完菸，用腳踩熄了菸頭說：

「我現在就是那種人。保重！」

「喂！」

從昨晚到今晨，這麼長一段時間的相處，我們談天說地，甚至接吻做愛，而她卻揮揮衣袖不帶走一片雲彩，也不留下聯絡方式地走了。我望著她倉卒離去的背影，把菸頭丟在地面，用力地踩熄菸頭。抽菸果然無助於轉換心情。

3 既然都出現了

週末就這樣過去，接下來的一個禮拜，我的心情都非常不美麗，我把怒氣帶到職場上，亂發脾氣，以至於被組長怒目相視。

結果我和那個約好一起去藝術殿堂看展覽的「優質女性」斷了聯絡，對方也沒有聯絡我，一如往常，我的約會就這樣結束。雖說這不是第一次，不過畢竟我和那位優質女性過去幾個禮拜頻繁分享日常生活，就這樣結束，實在有點怪。我果然厭倦了不停地約會。

另一方面也有件事讓我很慶幸。我全神貫注在重逢的她身上，但由於我不知道她的手機號碼也不知道她的住處，更無從打聽她人在哪裡，想全神貫注也不知道該貫注到哪裡好，這種憂鬱的心情真是久違了，我對某人有興趣卻被乾脆地打槍，且竟然沒有能再聯絡上某人的方法。

我能做的只有不停地回想關於她拒絕我的合理邏輯，還有她是「激進女性主義者」的事實。我不是自我警戒過，絕不能和激進女性主義者交往嗎？我不斷地提醒自己這件事，藉此自我安慰，而我在公司和家裡一有空就上網閱讀「追訴韓男」、「6.9 cm*」、「幹恁爸」這類的文章，愈看心情愈不爽，確實沖淡了一些對她的好感。

然而不爽是暫時的。在睡前或是搭地鐵發呆時，我不受控制的腦會湧現四年前她的模樣、上次見面她的眼淚、那晚像瘋了般的接吻與做愛過程、那一夜我的心跳聲、看著她的睡臉時我腦中刻劃的未來情景等，每個畫面都鮮明地浮現在我的腦海中。

四年前的她不是那樣的，一定是遇到了很糟糕的事情吧？假如她是因為被奇怪的前男友們傷了心才變成那樣，我有足夠的能力替她治癒傷痛吧？

在短短的一個禮拜內，千百種想法盤旋在心，我終於得出了我願意接

譯註：6.9 cm 是韓國男性性器的平均大小，激進女性主義者拿來貶低韓國男性的用語。

受也想接受的結論，即便我並不清楚我能否實現那個結論以及實現此結論的方法。

說巧不巧，我要好的高中同學們舉辦了聚會，老實說我沒有赴約的心情，因為包括我在內的所有同學裡只剩兩個單身漢，而舉辦這次聚會的契機，則是這其中的一個單身漢為了炫耀自己即將結束單身。

那小子是真的遇到了真命天女才結婚的嗎？為什麼我遇不到我的真命天女？我哪一點比不上那小子？為什麼我的前女友變得這麼奇怪？為什麼拒絕我？我又為什麼動不動想起她？

「乾杯！」

大家一放下酒杯，今天的主角準新郎基賢就開始大聊各種結婚瑣事——他的求婚經過、找到結婚禮堂的戲劇化經過、找新房的經過、濟州島自助婚紗拍攝經過……我對這些事興趣缺缺，只有聊到和我有關係的話題時，我才稍微回神。那小子說他費盡周折才訂到的結婚禮堂在良才站前。啊，那邊，我去那裡參加過三次婚禮，一想到這裡，我不自覺地嘆氣。

已婚人士不懂未婚人士的心情，我的已婚同學們七嘴八舌地主導話題，我冷眼旁觀一群婚姻新手爭相發表對婚姻的高見，說實在的，有些可笑，為什麼基賢興奮的模樣看起來這麼礙眼？我甚至想起很多籌備婚禮的新人們會吵到婚禮破局，總而言之，我沒話好聊，索性安靜地聽著大家聊天。

「喂，正義魔人，你最近怎樣？」

不知道是因為我發呆的樣子看起來很怪，或很可憐，坐在我身旁的泰宇跟我搭話。按理說，我應該回「我最好是正義魔人啦，靠北啦！」之類的答案，畢竟說幹話是我們一貫的對話模式。

「我真的很好奇你們……」

這次我卻出人意表地沒回嘴，朋友們交換了慌張的眼神，強作泰然地擺出「大哥我來教你一手」的表情朝我點頭。

「你們……你們的太太和女友應該不是激進女性主義者吧？」

空氣突然寂靜，所有人都用微妙的眼神打量我，過了一會，準新郎基賢率先打破沉默。

「當然。當然不是。激進女性主義者是徹頭徹尾的神經病！根本不像話，智秀絕對不是那種人。」

「沒錯。正常又漂亮的女性是不會有那種意識的吧？只有有著被害意識的醜女才會有那種傾向。因為她們沒人愛。」

「最近那種女人滿大街跑，天天高喊著女性主義，看得我真的是……我真的不知道要怎麼和現在的女性交往，現在二十多歲的男人真是可憐。」

「聽說我們高中的女生學生總會也沒了，這是當然的了，現在是兩性平等的時代了，不是嗎？女性主義是什麼東西，都是一些想搾取好處的人才在那邊發神經。」

「就是說啊，我媽對我老婆超級好，最近都是婆家看媳婦的臉色生活。」

朋友們像是想挽回先前的沉默，爭先恐後地發言。

「不過你們親眼見過激進女性主義者嗎？不是在網路上，是在現實世界中……」

朋友們因我的提問，再次交換慌張的眼神，坐在我對面的東延警覺到了什麼，說：

「靠，什麼跟什麼啊，你該不會最近在跟激進女性主義者交往吧？」

「哇哩勒，水喔！正義魔人的女朋友是激進女性主義者？」

「最近一大堆網路文章說，曖昧對象是激進女性主義者，要不然就是單戀的女生是激進女性主義者……」

「喂，快點甩了她。你哪裡不好了，幹嘛和那種女人交往？」

「可是……說不定你們並不了解那種人，不是嗎？」

在我聽到朋友們的大呼小叫，我不自覺地說出心聲，因為我也不曉得為什麼她會變成那種人。

整個世界像是陷入時間靜止的狀態，大家又一次沉默。

「最好是不了解啦！」

朋友們的音量比先前更大、更急躁，看來我扔出了一顆炸彈。

「這小子真的瘋了，瘋了。」

「我太太有沒有上奇怪的社群論壇，我都有在看！」

「我跟她說過很多次不要上推特看那種東西！」

「我阻斷了她接觸那些言論的所有管道，哪怕只是瞥一眼都不行！」

「她有那種傾向的朋友，我會叫她絕交！」

朋友們態度反常，氣勢洶洶搶著發言，我決定先問我想知道的部分。於是我問：

「那樣做，她們就不會變成激進女性主義者了嗎？」

「當然了！男人打起十二萬分精神，女人就不會變成那樣。」

「聽說有情侶吵得非常兇，有男友改掉了女友的那種傾向。」

「幹嘛那麼辛苦？天底下沒有那種傾向的女人多的是。」

「喂，那女的漂亮嗎？」

「就是因為漂亮，他才會這樣。」

「漂亮的女人怎麼會變成那樣？」

朋友們大肆談論的聲音在我耳邊嗡嗡響著，我的大腦只剪輯了自己想聽的話，那種女人是因為沒人愛、男人打起十二萬分精神、有男友改掉了女友的那種傾向……

「欸，你說話啊！你在哪裡認識那個女人的？」

我發呆的模樣惹毛了基賢，他生氣地問。我吞了口口水看向大家，在場的每一個人都是我多年老友，而有段日子我聊她聊到大家聽得都煩，所以如果我說出「四年前的機場前女友」，他們都會立刻知道是誰。

「反正就是認識了一個女人，偶然間認識的。」

我支吾其詞，實在說不出口，她早被我的朋友公認為我人生中最惡劣的「賤女人」，光是她的重新登場就足以震撼全場，何況她還變成了激進女性主義者？而我甚至在為她苦惱？這會讓我顯得有多蠢？經過三思，我認為現在還不是時候揭露她身分，等到問題解決後再坦白也不遲。其實她四年前沒有劈腿，是因為和我異地戀太難受，是「因為太愛我」才提分手，而我們經歷長時間的相思之苦，命運安排我們重逢。要說出這種超浪漫的故事情節才行。

「所以你偶然認識的到底是誰！」

朋友們無法輕易接受我的說詞，堅持挖掘更多具體細節，我裝傻沉默，喝著面前的啤酒。

放棄，言之尚早。我喜歡妳，妳也喜歡我。假如激進女性主義是個問題，解決那個問題就行了，過去沒有過的問題，解決，易如反掌。我打定主意後默默地聽著朋友談天說地，然後回家。

滴滴滴滴，熟悉的大門解鎖聲響起，我回到家，看到老媽一個人坐在客廳看電視，而老爸已經回房休息。時間過了午夜，讓老媽等門我有點抱歉。

「今天去了哪裡？」

「基賢說要結婚，妳記得吧？我高中同學基賢。」

「記得，基賢也要娶老婆啦……」

老媽的感嘆縈繞著不平凡的氣息，我沒回話逕自進房。

身為獨生子的我，背負著老爸老媽的催婚的壓力，我很理解他們的期待，說真的我也很期待，但結婚不是說結就能結、衝刺一下就能有成果的問題，也不像念書僅憑一人就能完成。

這段時間，對她的想念造成了我的困擾，而困擾有多深，我對她的熱情就有多高。也許是對愛冷感的我遇到了真心想把握的對象，從現在開始努力，能開啟一段緣分，帶我走入婚姻，可是這個我想把握的對象甚至會抽菸，我該怎麼辦？

不管了，現在我實際要想的問題是怎麼找到她，得先見面才能談以後。我不知道她在哪一家出版社工作，我依稀記得她以前住的社區，但誰知道她現在住在哪裡……我在臉書反覆搜尋她的名字卻徒勞無功，其實幾年前我無聊的時候就搜尋過，總是一無所獲，因為她是菜市場名。我鬱悶嘆氣，那時有個念頭如電光石火般閃過我的腦海，儘管盲目，但既然網路肉搜這招失敗，這似乎是可試的方法，也是唯一的方法。

試一下不吃虧。

為了見她，週末我碰運氣再次前往普信閣。目前我僅有的線索只有她上週六參加普信閣的集會，也許這禮拜她也會參加示威集會，去那裡找她是唯一的方法，就機率上來說，值得一試。

即便我很害怕也排斥再次去到那個擠滿黑衣女人的地方，但不入虎穴，焉得虎子，我萬萬沒想到我會有被這句話打動的一天。

週六下午，我下定決心前往普信閣。當我出了地鐵，走上往普信閣方向的樓梯，立刻聽見女人們高亢的喊叫聲。

「終止懷孕全面合法化！」

「細胞就是人類！」

「下達違憲判決吧！我就是生命！」

這是我第一次聽到「終止懷孕」這種說法，我不太確定是什麼意思，好像是墮胎？其實我從來沒想過墮胎這個問題，充其量在高中辯論大會上進行過主題辯論，但僅止於紙上談兵，而她們為此要每週舉辦示威集會，看來終止懷孕是非常嚴重的問題。如果說胎兒就是生命，那墮胎豈不是殺人？果然墮胎是個有點令人毛骨悚然的事情，做愛時記得戴保險套不就好了？

隨便啦，今天我來這裡的目的是想見到她。我穿越警方的管制看向成群坐著的女性示威者，她們和上週一樣大多都戴著黑帽，要找到她實在不容易，但我別無他法只能碰運氣，搞不好她會像上次一樣先找到我。在我們重逢後，我貌似變成了命運論者，一心認定我們之間的緣分不平凡且禁得起考驗。

當我四處張望之際，一名男警走近我說：

「不好意思，先生，你不能在這邊隨便亂看示威群眾，請快點走吧。」

「我是來找朋友的。」

「什麼？」

「我和我朋友約好見面，我的手機正好沒電。我朋友好像在這裡，能不能讓我再找一下？」

我盡全力擺出無害又可憐的表情。

「就算是這樣也不太方便。」

警察困擾地搔了搔額頭，我認為不是什麼大不了的情況，竭力擠出人見人愛的笑容想省去麻煩，下一秒三名脖上掛著「工作人員」的黑衣女人走來，我秒懂為什麼這位警察會如此困擾。

她們的模樣有種似曾相識的既視感，猶如上週的情景重演。我的心咯噔了一下，這次還是一次來三個。我使出全身力氣，連腳趾都用力地裝鎮定，控制我想逃之夭夭的真實想法。

「為什麼不快點趕走他？」

起先我暗自慶幸她們將矛頭對準警察，但下一秒矛頭就轉向了我。

「大叔，幹嘛一直在這裡看東看西？」

「他是不是帶著攝影機在偷拍？請好好確認！」

「什麼？偷拍嗎？」

我不過是乖乖站在路邊，為什麼會扯到偷拍？我的眼神過於驚慌而游移不定，警察連忙解釋道：

「是這樣的，有很多人偷拍示威活動參加者，把他們的樣子上傳到

YouTube 或其他社群網站上。」

「什麼？我才不是那種人，我是來這裡找女友……女性朋友的。」

我真誠地解釋，但那些女人仍然皺眉打量我。說真的，有夠嚇人的。站在中間的女人帶著不容反駁的氣勢道：

「你這樣會讓示威者很困擾，不行。請打電話聯絡你要找的人。」

「我再找一下就會走了。我真的沒有在偷拍。妳們大可以確認。」

我沒自信面對她們的嚇人眼神，於是小心翼翼地轉對警察說。這時，一個活像是吞了鞭炮般的大嗓門吼道：

「喂，我們都說不行了！」

「為什麼聽不懂人話？」

「大叔你不知道你帶給這裡的人多大的困擾吧？」

多虧了那個大嗓門，那些喊口號的示威者紛紛朝我們這邊看來，甚至連路人都驚疑打量我們。我又不能在這裡一一解釋我和她之間的事，我內心吶喊：「我究竟做錯了什麼！」話在嘴邊打轉又硬生生地吞回去。

人生第一次被女人劈頭蓋臉地痛罵，真可怕，我不爽想回罵，所幸這時警察插嘴道：

「先生，你還是走吧，這是沒辦法的。」

啊，真的太誇張了吧！真的是！

我抱著最後一絲希望看向了那些示威者，卻怎麼也看不清遠處示威者的臉，而近處的示威者似乎也沒有像她的人，事情有必要搞得這麼複雜嗎？果然激進女性主義者都很敏感，有點，奇怪。扯什麼偷拍啦，真可笑……妳們逼我拍我也不想拍好不好！

「我知道了，可是我一定要找到那個人，非常迫切。」

要是我就此打退堂鼓還算沒事，好死不死我補了這句話，使得站在我面前的女人開口說：

「我們也很迫切。」

一時間我答不出話，只能默默站著，而她們身後的女人一陣陣的呼喊聲傳入我耳中。

「我的身體！我自己決定！」

「我的身體！我自己決定！」

我的身體，我自己決定，我不由自主地咀嚼起這句話的意義。假若她在這裡，不，起碼她上週是在這裡的，所以我想思考，為什麼她願意在週末午後穿上黑衣站在市區，喊著這種口號，感覺有點奇怪。什麼叫迫切？所謂的女性主義不就是想「圖利」嗎？迫切和圖利未免太不搭，然而聚集在這裡的示威者們的激情和這三名女性工作人員的真摯語氣，聽起來倒是煞有其事。

「請你離開，先生。」

警察再次輕推我的背，我這才回神，啊，沒錯，迫切地發瘋也是有可能的，參加太極旗集會的人也很迫切，我無言地轉身背對三名女性工作人員和警察，苦澀卻又感到解脫，漫無目的地走向了人潮絡繹不絕的鐘閣站出口。

去你的結婚還是什麼的，全都算了吧，盡情享受華麗的單身生活吧！在朋友們忙於育兒、看老婆臉色、深陷苦海的時候，我享有單身的閒暇時光，四處旅行總行了吧！這樣總可以了吧！我要狂打遊戲，每次有新遊戲上市就掃貨，再騎騎自行車。人生這麼難說，誰知道呢？說不定會有年輕美眉陷入我的中年男子魅力……

「咦？」

在我不著邊際的絕望和希望交錯的想像走向快樂結局的時候，某個熟悉的身影出現在我的視線範圍內。是她。跟上個禮拜一樣穿著黑衣、把黑口罩掛到一側耳朵上的，她。她看起來才剛趕來示威集會現場，儘管我來這裡就是為了找她，但我沒想到竟能達成目的。我用盡全身力氣放聲大吼，可是她的視線固定在手機上，沒注意到我的喊聲。我苦惱了一下。

「什麼啊？」

結果我走向她。我也不知道為什麼，是我的心在驅使我的行動，也許是因為我從小信奉「既然會後悔，做總比沒做好」的積極人生態度，啊，不知道啦。總之我走到她身邊搶走她的手機，用她的手機撥打了我的號碼。

「你在幹嘛？」

「我有妳的手機號碼了。」

「什麼？你憑什麼隨便來……」

「不要說這個了！妳和我聊一下。為了找妳，我吃盡了苦頭。」

「你在說什麼？我要去參加集會。」

「我替妳去過了，妳先跟我來！」

「你在說什麼？先放手再說！」

我不顧她頑強的抵抗，死抓住她的手腕，拉著她走出地鐵站。我暗爽自己擺脫上個禮拜的落魄形象，搖身一變變成了愛情劇裡霸氣的男主角。

「你找死啊，還不放手！」

但暗爽是暫時的，被我拉著的她發出怪聲，嚇得我鬆手。

「你真的是！我現在很不爽！不想跟你說話！聽到沒？」

說完，她轉身大步走掉。我的天！

「喂！先跟我說完再走！喂！」

上個禮拜的落魄歷史重演，我一路追著她跑，我感覺到自己後背汗如雨下，百感交集。

哈，真的要瘋了，她真的是……我到底要拿她怎麼辦才好？

4 激進女性主義者的真理和一百萬元

「我要冰美式。」

在我放聲大喊，死命糾纏懇求之下，她好不容易同意和我一起到了咖啡廳。咖啡廳玻璃大門一打開，她馬上把我當成負責點餐的店員，對我下單，接著自顧自地找座位坐。我端咖啡回來坐在她對面，而她拿下帽子的動作撩起她額上的短髮。

「你想說什麼？」

她的五官仍舊小巧可愛又鮮明，但口氣活脫脫是日本漫畫《灌籃高手》裡還是不良少年時期的三井壽，以前的她也有這一面嗎？過去的她確實偶有強勢的一面，但沒現在這麼……強勢到讓我不知所措。

我深吸一口氣，像是饒舌歌手一樣飛快地說：

「妳沒給我妳的電話號碼，為了找妳，我真的……我去了普信閣前面閒晃，被警察和恐怖的姐姐們包圍……」

「說重點。」

「和我交往吧。」

「我走了，不要聯絡我。」

我話一說完，她帶著驚人氣勢猛然站起，我連忙輕輕……超級輕輕地抓住她的手臂，生怕又惹毛她。

「知道了。至少讓我問一件事，拜託！」

我刻意提高音量，突顯我的急迫心情，也許是人們的視線造成她的壓力，她嘆氣坐下。

「快說。你敢再說一句奇怪的話，我馬上走人。」

我真誠地拋出早已準備好的問題：

「什麼是激進女性主義者？什麼是韓男？」

「什麼？」

「這是妳拒絕我的原因，所以我想更具體了解。起碼告訴我這些後再走，斬斷我的迷戀。」

她無言地看著我，我還以絕不輕易放棄的表情，她的沉默似乎是在盤算著什麼……那表情該不會是想隨便打發我吧？她終於下定決心開了口說：

「人們所謂的激進女性主義者就是，說著逆耳之言的女人。不願意像過去一樣過著安逸的日子，老是挑三揀四，覺得哪裡不好、哪裡出了錯，處處計較的女人。」

她出奇果斷的語氣與一字一句的清楚發音，有種悲壯感。

「可是我完全不介意那種事！」

先前被她的話壓制氣勢的我，連忙打起精神接話，但她毫不動搖繼續說：

「過去的女人被打、被強姦、被逼死，男人會因為自己的心情不好，阻止女人說出真相，要女人不要把所有的男人混為一談，說女人不用當兵憑什麼說三道四，要求加重誣告罪刑責，認為最近逆向歧視變得嚴重。那種男人就是韓男。」

「喂，妳把我當成那種人了嗎？我是嗎？我才不是那樣！」

我雖然反駁卻有些內疚。她無表情地盯著我，然後喟然長嘆：

「我不想和你吵架，也不想承受吵架的壓力。」

「我們為什麼要吵架？難道我叫妳不要當激進女性主義者，妳就會不當嗎？我沒有那樣想過好嗎？」

我昧著良心，故作淡然地說。她笑了出來。是一個悲傷又苦澀的微妙笑容。

「我們保留從前的美好回憶比較好，你這個傻瓜。」

她邊說邊起身，真是的，有夠急性子。她深思熟慮之後說出的話十分沉重，我無法輕易反駁。

我不經意地問：

「妳……為什麼會變成激進女性主義者？又為什麼會去參加示威集會？在天氣這麼好的週末卻穿上烏漆抹黑的衣服，去參加吼到失聲的示威集會。」

「還能是為什麼。」

「妳不是想改變世界？妳不是認為總有一天能改變這個世界嗎？所以才這麼賣力的，不是嗎？」

「……」

「如果妳能改變世界，那妳也能改變韓男！妳相信自己能改變這個世界，卻不覺得能改變一個男人嗎？是這樣嗎？妳想改變？就去改變！這才是激進女性主義者的真理！」

我邊說心中邊高呼萬歲。如此無懈可擊的完美邏輯。不料她卻搖頭，而且是超大力地搖。

「唉，不管怎麼說，韓男是……」

「喂！」

「人長大要不要懂事，他們會自己看著辦，為什麼那個是我的真理？少搞笑了。」

我早知她是銅牆鐵壁，但未免過於刀槍不入，啊，用邏輯說服是行不通的了。

「哪有這樣子的！妳再好好考慮，和妳重逢我真的非常高興，妳知道嗎？妳不是也很高興嗎？」

她以前說我睜大眼睛撒嬌，抱著她手臂不放的樣子很可愛，我盡全力地重現那個她愛的樣子。然而成效不彰，如今她只是用銳利的眼神掃視我，掙脫掉我的手。而她的回應更讓我啞口無言。

「你真頑固。也是，當初我哭著鬧著，你還是堅持要去美國的時候，我就應該知道了。」

「那是……」

「但我也很頑固。」

的確如此，所以她那時才會哭著說「我受不了遠距離戀愛」，苦苦糾纏到我出國那一天，再把自己說的話付諸實行，不論是她還是我都很了不起。不過她提這個的意思是？

「我說再多你好像都聽不進去。好哇，我的挑戰精神被你這些話挑起了，但我有條件。」

從她口中聽到「好哇」兩個字，我的嘴角咧到了耳朵。

「什麼條件？儘管說！」

她突然笑得無比溫柔，伸手撫摸我的劉海，把唇靠近我的耳邊。我有種不祥的預感。

「交往的時候……要是你先不耐煩，想退出這段關係……你就得給我一百萬元。」

「什麼？」

哈，她真的很擅長逼瘋人。我們還沒開始交往，說的彷彿我一定會退出似的。不知道是不是因為我的臉色迅速變得黯淡，她怒氣騰騰繼續說：

「你什麼表情，既然這樣，當我沒提！」

「不管怎麼說，這條件也太過分了吧。給妳一百萬元……」

我雖感到這句話的不合理性，但另一方面，我的求勝心也被激發了，我渴望趾高氣昂地在她面前擺出「我贏了」的表情。

「知道了，就這樣說定！」

「……？」

「我說就這樣說定，今天是我們交往的第一天！ＯＫ？」

我是為了這樣才追她的嗎？不重要。事已至此我別無選擇，自從和她重逢後，我原先認定的常理全都崩塌殆盡。

「好！你以後不准反悔。現在馬上寫合約！」

「好，寫就寫！寫什麼都可以！我全部都寫給妳。」

「那再好不過了，以後我會把你的錢捐給女性團體，我得先想好要把錢用在哪裡。」

「嗯，知道了，所以我們現在交往了吧？」

「我很期待知道你能撐多久，我說真的！」

「好，我們現在去約會吧！」

我們爭強好勝地幼稚鬥嘴的同時，並肩走出了咖啡廳。從這一天起，我們復合了，合約也成立了。待我事後回顧才發現那真是全世界最遜、最不浪漫的告白。

也許是因為這樣，那天夜裡我躺在床上百感交集，總之我達成復合目的，但想一想，我又懷疑自己是不是被她的懷柔政策給收買了？難道她是為了替女性團體募集捐款在利用我？

儘管我口中說「我不會叫妳不要當激進女性主義者」，可是我的想法一如既往，我多多少少有點信心，我能讓她自己放棄當激進女性主義者。只要我們像以前一樣談談戀愛，她從我身上得到滿滿的愛，那麼她就會逐漸地恢復往日面貌。不管是激進女性主義者、韓男，或者是我們不適合交往等的念頭都會被她拋諸腦後，因為她最終會決定與我孕育愛的結晶。

前途看似兇險，但我不是已經邁出了第一步嗎？我不否認我的擔心與害怕，但我同時抱持著「船到橋頭自然直」的樂觀心態，我深信她過不了多久便會恢復過去的模樣，因為那才是她真實的面貌。她不過是，現在，暫時失常而已。

我替自己做好萬全的心理建設後點開我們的共同聊天室，今天剛拿到她的號碼還沒跟她聊天。該聊什麼好？我該不會真的要付一百萬吧？想起這件事，我的頭又痛了起來，不久前我發訊息告訴她我到家後，我們就沒聯絡了，所以我又發了訊息給她。

洗好澡了嗎？

睡了嗎？

我想妳，我的女朋友❤

呵呵，我自己寫的自己也覺得好笑。我就是要故意寫一些肉麻的內容懲罰她，誰叫她變得這麼叛逆，每一句話都這麼討人厭。我天生撒嬌無能，不過回想從前我們交往的時候，我卻時不時爆發撒嬌賣萌的潛力，我和她分手後度過了一段冷感裝酷的乏味期，我現在也不太清楚那段時間裝酷究竟是因為和她分手而無法走出傷痛，或是沒那麼喜歡那些和我約會的女性，抑或是單純想在男女關係中占上風。

時間不早，我覺得她可能已經睡了，但訊息已讀數字「1」比預期地更快消失。撲通撲通，我心跳加速，既好奇又緊張，不知道會收到什麼樣的回訊，我真的超久沒有這種心情。

嗯，我很睏。

睡了。

我的天，有夠死氣沉沉的！以前她會畫很多可愛的圖或漫畫，或是發好玩的表情符號、照片給我，莫非裝酷期的我也是這樣子的嗎？想到這裡，我的心情相當微妙。

你也睡吧。

儘管如此，好久沒收到她的訊息，我不知不覺地笑了。她是不是早就打好訊息，正在猶豫要不要發出來？我想像著她可愛的模樣，看吧，我就說妳也喜歡我，也許我們的戀愛會比想像得更平凡，也許我們的交往會一帆風順，她僅僅四個字的訊息發揮了驚人的力量。

我有女朋友了！

四年前在機場的絕望感和異國他鄉的孤寂感，不過是一場夢，我幸福地進入美妙的夢鄉。

5 雖然開始了

她上班的出版社在麻浦區合井站附近，不管距離我位於江南的公司，或是我的京畿道老家都有段距離。熱戀期中情侶上演溫馨接送情是一定要的，所以我一直想在平日請半天假送她上下班，見面順道吃晚餐也不錯。或許是我年紀大了，導致心有餘而力不足，今天晚下班、今天有點累，一天拖過一天，還有，我公司附近很容易塞車。

幸好她會來江南這邊和作家開會，由於她開完會可以直接下班，所以我們約好晚上見面，時間一到五點，我不顧同事們的臉色，火速收拾下班後卻收到她的訊息。

抱歉，我好像會遲到。

現在馬上過去。

會議時長超乎預期是家常便飯，我沒把她的遲到放在心上，先一步抵達我們約好見面的地鐵站前後就滑手機打發時間，看看YouTube頻道和網路文章。

時間不知不覺地溜走，十分鐘、二十分鐘……她比我預期的更晚到，就在我好奇怎麼回事的時候，她悄悄地從我身後出現，面帶倦意。

「抱歉，遲到了。」

「沒什麼。工作順利結束了嗎？」

這是我們第一次平日下班後見面，她穿著圓領大學T和牛仔褲，這身穿著打扮只有顏色和集會時的裝扮不同，是因為出版業上班的關係，所以上班穿著也很自由嗎？剛下班的男友穿著套裝，她的穿著就不能配合我嗎？

「先找個地方坐著聊吧。」

先撇開我對她穿著打扮的想法，她表情極度黯淡。

我事先認真查過我們公司附近氣氛好的餐廳，卻萬萬沒想到她隨興地走進了一家烤肉店。

「給我們一瓶燒酒。」

她沒先問我就直接點了瓶燒酒，問題是我想喝啤酒，礙於她渾身散發出的暗黑氣場，識時務者為俊傑，我選擇乖乖閉嘴。手腳俐落的店員把肉放上鐵盤，同時拿來了燒酒和酒杯，只聽見「啵」的一聲，她豪邁地打開燒酒，心急地斟滿兩杯酒，「鏘」的一聲，一口氣就乾了一杯燒酒後說：

「看來我真的要辭職了。我又和組長吵架了。」

喔！這句話好耳熟啊。是我平常的口頭禪，當然，與其說吵架，我的處境更接近單方面挨罵。

「怎麼了？」

「組長約我開完會後私下聊，問我這身裝扮怎麼回事，說畢竟是和作者碰面的場合，我應該穿得端莊、女性化一點。」

「這樣啊……」

我假咳幾聲，靜靜地烤肉，這是因為我不想被她識破我贊同端莊、女性化的服裝比較好。滋滋、滋滋……光是聽著就讓人心情變好的烤肉聲伴隨著她的抱怨。

「現在都什麼年代了，竟然還有人說那種迂腐的話？你知道更扯的是什麼嗎？組長叫我外勤日程盡量不要穿這件大學T。真是瞎到爆。」

我這才看見她穿的大學T在胸口中央寫著「女性主義」的紅色大字，而她背後好像還寫著一些英文字，身為一個美國學成歸國的人，我會把那些英文字直譯為「女性主義是完美的民主主義」，真是的，那就推崇民主主義不就得了，幹嘛還要搞女性主義？

「嗯……是不是因為是敏感字眼，所以你們組長才這樣說？」

「哪裡敏感？要是這裡是美國，組長這種做法馬上會被告！」

哇靠，她真的不知道女性主義者在大眾心裡的形象嗎？但對一個正在氣頭上的人說這些話，無疑是火上澆油。

「不管怎麼說，你們公司還是比我們公司好，男人穿套裝上班超不方便，你們公司算自由了……」

我將視線固定在肉上，隨口應付，哪知話沒說完就被她高亢的聲音打斷。

「工作做得好就行了，跟穿什麼衣服有什麼關係？舒服的衣服就是最棒的，組長每天只會穿合身的衣服，她不覺得不方便嗎？」

「啊，組長是女的嗎？」

「對啊。」

啊，原來如此，因為職位是組長，再加上要求她穿得女性化一點，我還以為會是個男人。話說回來，既然是女組長，她好像不需要這麼氣吧？

「總之她是組長，有資格說那種話……」

她瞪圓雙眼反駁我說：

「她沒對男同事說過這種話。」

那是當然的啊，就因為妳是女人，她才說那種話。這種理所當然的事全世界的人都懂，為什麼妳不懂？

我悶不吭聲地把烤好的肉放到她面前的盤子裡說：

「吃吧。邊吃邊說，妳應該餓了吧。」

有道是「吃肉解百憂」，我希望她吃了肉之後能消氣，老實說我也不知道該說什麼附和她好。

我小心翼翼地觀察她的臉色後開口：

「不過既然組長是女性，工作上應該有占便宜的地方吧？組長漂亮嗎？應該長得還不錯？」

我自以為冷靜地掌握了整個狀況，可是她一臉不可思議地瞪著我。

「真夠討人厭的。」

她的眼神說好聽點是瞪，坦白說就是輕蔑，搞得我心慌。

「不是嗎？女人在公司運用女性魅力……其實很常見，不是嗎？」

「啊，運用嗎？說的真好聽啊，運用，你現在的意思是女性們靠著撩裙襬獲得職場成就。好像是這種意思？你知道這種說法有多厭女嗎？」

啊，我完美地演繹了何謂禍從口出，她可怕的語氣令我心驚膽顫。

「吼，我哪有那樣說？總之不要把我想得那麼差勁……」
在她耳裡，我的話是如此不順耳，所以她又乾了一杯燒酒。
「所以你到底想說什麼？」
「上班就是過社會生活，既然是上司的指示，不管認不認同，某種程度還是得……」
「吼，夠了！你少不懂裝懂！你和組長都一樣！」
座無虛席、人聲鼎沸的烤肉店頓時變得安靜，她聲音大得讓隔壁桌的客人一起看向我們，我連忙放低音量說：
「妳幹嘛對我發脾氣！是我叫妳穿得女性化一點嗎？」
這是我沒說出口的真心話。
「可惡，都是因為那個混帳才這樣。」
我被她突然變得猙獰的表情嚇到，追問：
「什麼？什麼混帳？」
她一反常態，猶豫答道：

「今天開會見面的作家！暢銷作家就可以那麼囂張嗎？」

「暢銷作家？哪一本書？」我忍不住好奇問，她不滿地說出好幾本書的名字，喔，就連書本絕緣體如我也聽過幾本書名，的確是個知名作家呢。

「那個作家每次出書一定會大賣，加上舉辦了不少書本講座和活動，養活了我們出版社。之前我是出版社員工裡最年輕的，那時通常是我一個人去跟他開會，那混帳總是趁機糾纏我。」

「什麼？」

出乎意料地，這次提高音量的人是我。

「每次聚餐，他都會故意拉我去喝酒。聚餐結束後，他會假借要聊出書的事情約我私下喝一杯。我又不能不去喝，真的去了，他根本就不聊工作話題，淨說些奇怪的話……」

「說什麼？」

「說我真的很漂亮，我知不知道自己很漂亮，問我有沒有男友，說我是隱乳……」

我靠。

「那個作家未婚？」

「不知道。大概離了吧？有沒有結婚重要嗎？他會摸我頭，偷碰我屁股，搭肩抓手樣樣來，我那時候真的……」

「妳說什麼！」

這個人渣！我立刻抓起手機上網肉搜，在搜索引擎裡輸入那個作家的暢銷書書名，再點進作者介紹連結一看，好幾張長得白白淨淨的中年眼鏡男的照片。大多是採訪照或講座現場照，而照片背景都是在不錯的地方，處處體現著知識分子的氣息與站在講臺上的魄力，這傢伙似乎也參加過一些知識節目。看著那些照片，我的心情迅速低落。

「他從什麼時候開始對妳動手動腳？」

「我還是出版社最年輕的員工的時候他就這樣，有好幾年了吧。不久之前公司新來一個男性後輩，我終於不用單槍匹馬去跟他開會。不過每次開會我還是很不自在。」

「天啊，站在那個作家的立場來看，妳繼續去開會，他會覺得還有迴旋的餘地。」

「什麼意思？」

「假如妳真的討厭他，妳根本不會再去開會……」

「你言下之意是我錯囉？」

她猛然站起，聲調比剛才高亢得多。這次連更遠處桌子的客人都看向了我們。我連忙打起精神，抓住她的手臂。

「我不是那個意思……抱歉，先坐下好嗎？」

口頭虛無的道歉無法讓她氣消，她不坐也不站，改以半蹲的姿態開始了一場憤怒的演說。此時正值烤肉店尖峰用餐時段，下班的上班族進進出出，而我只能卑微地祈求隔壁桌的客人們什麼都沒聽到。

「你有沒有聽進我剛才說的話？我說那個作家養活我們出版社！我作為公司老么要怎麼拒絕他的要求？作家說：『我這本書企畫案很搶手。妳今天不聽，我只好送去其他出版社了。』難道我要發神經說：『不要跟我聊企畫案，要聊請去跟組長聊。』作家再說：『在跟組長聊這件事之前，我想先跟妳商量才約妳。』然後我再發神經說：『夠了喔。你想把企畫案送去別家出版社，你就送吧。』要這樣嗎？」

烤肉揚起的白煙和她的反駁言詞摻合在一起，我無話可說。

「他那樣告訴妳，而妳真的跟他去了，他卻死不提公事？」

「對，就是這樣！他莫名其妙說自己去歐洲旅遊約炮約了一百多次，說自己天生命格風流多情，不適合忠貞不渝的愛情……我知道這些要幹嘛啦！說自己跟有著櫻桃小嘴的女人性生活美滿，聊一些做愛體位……去你的，煩死了。」

「他根本就是個瘋子吧？」

「你卻檢討受害者，說我不應該跟他去？」

「是我沒搞清楚狀況，抱歉。」

世上怎麼會有這種人渣？幸好她發洩了一些怒氣後又坐下。

「不是只有一兩次，他每次都這樣，我實在太生氣，因為那個混帳，我不敢穿女性化的衣服也不敢化妝，得故意穿褲裝，剪短髮，有時還得戴眼鏡出門。」

「原來如此。」

啊，那個渣男製造了各方面的麻煩。

「組長什麼都不知道，說外出開會一定要穿女性化服裝。啊，煩死了。」

「他這麼過分，是不是應該要告訴組長？」

「我想過，可是組長和出版社同事好像都是那位作家的粉絲，我又沒有真憑實據。那個人巧妙踩線，遊走法律邊緣，人們會覺得那種程度的肢體接觸沒什麼大不了，是不是我太大驚小怪？事情變成這樣的話，我真的會很受傷。」

「說的也是。這件事不簡單，何況對方是……」

她點點頭。

「所以說僅憑一般的勇氣很難拒絕他。啊，愈想愈煩，混帳東西……」

「他的確是混帳，以後那個渣男又故技重施，妳記得叫我。我會好好教訓他，不對，以後他又辦活動，我寧可請半天假也要到場陪妳，去他的一頭老牛還想吃嫩草。」

她用嘆氣取代了回答。我注意到我放在她面前的肉冷掉了，看來她沒心情吃東西。

「不吃嗎？」

「嗯，不吃。」

「那今天早點回去吧。」

「好。」

「聽完妳說的，我太不安了。這樣不行，今天我送妳回家。」

「不必了。我又不是小孩子。」

「不行，我送妳。」

雖然她一直擺手拒絕，但我話說得斬釘截鐵，無絲毫轉圜餘地。她看著我的臉半晌後死心點頭。不久之後，我和她從江南一起搭九號線直行列車，幾站過去，我們一起下了地鐵。是我生平第一次到的地方，她搬家了嗎？我們走進一條窄巷，她在一棟老舊公寓前停下腳步。

「這裡就是我家。」

「喔，原來如此……」

我暗暗覺得就這樣送她回家太可惜了，我握緊她的手，和她面對面。短髮、大學T和牛仔褲，她的模樣再次映入我的眼簾。其實我很不滿也很惋惜她現在的樣子，幸好我以前見過她留長髮的女性化模樣，假如我和她第一次見面時，她是現在這個樣子，我還會不會喜歡上她？這個念頭在我腦海盤旋不去，自從我聽說她發生過那種事，忽然很心疼她。

「唉，妳的心情一定很糟，是我太忙了才會讓這種事發生。」

我緊抱她說，但她推開我的手臂說。

「不，不是這樣的，大部分的職場女性都經歷過這種事，你知道嗎？」

「知道，對，我知道，現在知道了。」

不管她說什麼，我堅持要給她安慰的擁抱，「呼」，我的耳邊傳來她的呼吸聲，在在表明了她的疲憊。我抱著她好一陣子後才放手，接著我吻了她的額。

「我會守護妳，以後絕對不會再發生這種事了。」

我的女朋友得由我來守護，我認為這是男朋友應盡的義務，但她的臉面無表情得嚇人，她輕嘆道：

「好，但我只接受你的心意。」

「為什麼？」

我一頭霧水地盯著她，她沒多解釋，空氣中流淌著沉默，她看了看手錶說：

「要不要進去坐坐再走？」

「什麼？」

「啊，我沒說過嗎？我一個人住。」

呃，她這一句話，壞傢伙也好，渣男也好，立刻被我拋到九霄雲外。

全天下的男人都想和獨居的女人交往。

在此之前，我並不知道這個足以讓人瘋狂的事實——她竟然一個人住。我總算發現這場戀愛的好處了，我抑制住內心的狂喜跟她回家。她住在一樓，建築物本身不算乾淨，可是室內空間比我朋友們以前住的住商混合大樓或是單人套房更寬敞，而且她的住處裡有兩間房間。

較小的房間是她的寢室，寢室隔壁是書房。她的屋子裡有衣櫃和行李，全都擺放得整整齊齊，而牆壁上貼著電影海報、月曆和相片。我注意到其中有我們一起看過的電影海報，這個發現令我心頭一酸。書桌和梳妝臺等收納空間布置著小巧可愛的人偶和旅行紀念品。儘管她外表強勢，內心仍舊是個喜歡小巧可愛的東西的女孩。

她的客廳和廚房相鄰，合二為一，我們在客廳桌前對面而坐，她泡了茶。

「妳從什麼時候開始一個人住的？」

我記得四年前她和媽媽、姐姐一起住。

「四年來搬進搬出，這次搬出來快一年了，以後不打算搬回去了。」

「為什麼？」

「因為姪子的關係，家裡太吵了，再說我也大了，是時候搬出來獨立。你也搬到外面住吧，不要再讓你媽辛苦了。」

「我要存錢結婚。」

「嗯哼，這樣啊。」

她發出微妙的鼻音，裝得漫不經心地撫摸茶杯。

「怎麼了？當然的不是嗎？我們是該考慮結婚的年紀了。」

「我，不想結婚。」

她冷漠聳肩。

「妳以前和我交往不是說過嗎！婚禮這樣辦吧、新婚房裝潢成這樣吧、生兩個孩子……妳對結婚充滿憧憬，妳不記得了嗎？」

她因我的碎念噗哧笑出。

「拜託，那是多久以前的事了！」

「不過四年前而已！」

「四年夠久了。總之我不結婚。」

「好哇，最近人們喊著不婚主義、不婚主義。妳的意思是妳不結婚嗎？」

「嗯。」

「也對……妳這段時間和奇怪的男人交往，確實可能會有這種想法。我懂妳，只要妳和好男人交往，一定會改變心意。」

「好男人？」

「嗯，像我？隨便說的啦，哈哈。」

我真是沒有心眼的傢伙，想到什麼就說什麼，她的眼神傳遞出她覺得我很可愛的訊息，笑說：

「你？算了吧～」

「不要這麼斬釘截鐵，世事難料。」

「唉呦，知道了，好好好，就當你是個好男人吧。」

她嘴巴同意，表情不同意，這讓我有點生氣。

「我很了解妳的個性，妳是個善良、怕寂寞，又喜歡照顧人的女孩，妳說妳要一輩子一個人生活？等到時間過去，妳的朋友們一個個結婚生子都會慢慢疏遠妳的……」

我用比平常更低沉的聲音說，但她冷靜地回答：

「應該會吧，不過我只想著現在，我現在不想結婚。」

「好，不用馬上結婚。」

「唉，你真的是。」

「妳才真的是勒。」

我們都不肯認輸，一直在抓對方的話柄。當我和她四目相交，我發覺她那濕潤的眼神不同於她決然的話語。看著她水汪汪的眼睛，一時間，我情緒湧起脫口道：

「雖然我並不清楚具體經過，但我想治癒妳過去受到的傷害，我很希望再看到過去那個開朗積極的妳。」

「你要怎麼治癒我？我的傷害我自己看著辦。」

「好，不過傷害妳的終歸是人……」

「還有你說你想看到我過去開朗積極的模樣？我沒變過，好嗎？是你看我的角度變了，不是嗎？對你來說，我是被情傷影響，所以賭氣說不結婚。事實不是那樣。不婚是我理性的決定。」

「為什麼？妳為什麼那麼討厭結婚？我是真的不懂才問，只有男人才需要承受結婚壓力，不是嗎？我們要準備新房，要準備東準備西，女人們不都渴望結婚，尤其是年過三十的女人更是急著嫁……」

我睜大雙眼說，對我來說，這是不足為奇的基本常識，她的眼睛卻睜得比我還大。

「你說什麼？」

「還有老實說，要是妳是有夫之婦，那個作者還是作家的傢伙就不敢那樣對妳了吧？」

這次她微微張大了嘴說：

「你真的……我沒辦法用一句話跟你解釋這些。」

「那就多用幾句話解釋。」

她被我激怒，反倒閉嘴不語。過了一陣子後她才深深地嘆氣道：

「我就是討厭這樣才拒絕復合，你……」
「男女交往本來就應該互相遷就。」
「你不是想結婚嗎？」
「……是。」
和妳。我本來想這樣說，不過氣氛不對。我忍。
「我不想結婚。這件事要怎麼遷就？」
「我們一直交往下去，也許妳就會想結了……這種事很難說嘛。」
「好。那麼也就是說，你和我交往下去，說不定你會覺得雙方擁有個人自由，不結婚更好，是這樣嗎？」
「妳到底想活得多自由？難不成我婚後會把妳囚禁在家裡嗎？」
「你少在那邊說大話！男人結婚不就是希望找個女人代替媽媽的角色，替自己打理家務！」
「喂，妳幹嘛說成這樣！最近男人們很會幫忙做家事，好嘛！」
「呿，別說了。對了，你爸媽是大邱人吧？」

「是啊，怎麼了？妳現在還有地區歧視了嗎？」

「你爸媽的個性我記得很清楚，也知道他們有多寶貝你這個獨生子。」

「喂，哪有父母不愛自己的兒子的！還有我爸媽不是冥頑不靈的人，他們會對進門媳婦視如己出。他們超期待我結婚，還說會幫忙帶孫子。」

「嘖嘖，光聽就讓人窒息。我們復合才多久，你竟然說這種話？」

「我有要妳現在結婚嗎？」

「反正我說得很清楚！如果你交往的目的是結婚，那就和我……」

我不想聽她重提一百萬分手的事，直接打斷了她的話。

「啊，不管了，不管了，我也不知道了啦。」

交往沒幾天就提結婚話題，很像我的風格；同樣地，交往沒幾天就動不動提分手，威脅我支付分手費，也很像她的風格。我們停止交談，她打了個寒顫，似乎頭很痛地起身推了推我的背說：

「欸，你回你家吧。」

「不要。妳把我帶到家裡想這樣趕我走？」

「不然你要怎樣！」
「親一下我才走。」
這是個奇怪的轉折，我們才剛因為結婚的敏感話題吵得天翻地覆，但我一說完就立刻吻上了她的唇。
「唉，你真是個瘋子……」
她慌張卻又忍不住笑意，因為她的模樣，我也跟著笑了。她看準我疏於防範的時機，把唇壓在了我的唇上，一切正如我所願，我的舌輕舔她的唇，她微微張唇，我的舌頭探進她的嘴，熱吻。
我們擁吻著進了寢室，在床上翻滾親吻了好一段時間。我因她的短髮感到神奇，這和以往的長髮手感不同。當我們的身體交纏在一起時，我感覺得到冰冷又死硬的她狂熱的心跳。只要我再忍耐一下，堅持下去，她絕對會改變，她一定會變回過去那個夢想和我步入禮堂的女孩，現在再嘴硬又怎樣，她最好是不會改變心意啦？

「感覺很好……是吧？」

沉浸在幸福中的我在她耳邊輕聲說，她雖沒給回應，但她帶著淺笑的微紅臉龐已經是答案。事實上我們很輕易就能擁抱其他人的身體，就像過去我擁抱著那些陌生女人的肉體，但我們也會因為異質感反而更感疏離。我擁抱她的感覺卻完全不同，感覺像找回了我以為四年前就永遠失去的某種東西，愈是如此，不知何時會再次失去的不安感愈是擴大。

「我們好不容易才又再見面，我再也不想和妳分手。」

「……」

「所以我才會提結婚。我以前非常喜歡妳，現在也是。我想告訴妳我對這段感情有多認真。」

「戀愛的盡頭一定是結婚嗎？」

「我也不知道，不過……」

說實在的，我沒想過這件事。

「對。我也不知道。因為喜歡所以交往，這個理由已經足夠了吧？每件事都要開花結果太累人了。去你的結果主義。」

「總之妳也喜歡我吧？」

在她的話中我只挑自己想聽的部分，笑了。她看著那樣的我片刻又開口道：

「明天要上班，你得走了。」

我才發現已經十一點，我一方面嫌麻煩，一方面想和她多相處，所以刻意伸懶腰扭了扭身體。

「吼，我不想走，我要不要乾脆搬進來住？」

我一說完，她揚起手掌打上了我的背。

我滿懷遺憾地離開了她家，她送我出大門，我在猜她是不是打算陪我走到地鐵站，然而她出來純粹為了抽菸。在我們道別後，我走了一段路回頭看她，只見站在巷弄的她和飄散在空氣中的煙圈。我本來希望我的女人不要抽菸，如今卻發神經地覺得濃濃的煙圈極其浪漫，看來我真的非常喜歡她，可惡，聽說抽菸對胎兒不好，是生出畸形兒的原因之一，不管用任何手段，婚前我得讓她戒菸才行。

6 她真的超奇怪

過去我和其他女性約會時深有體悟，「聯絡」是左右曖昧情愫和戀情最終去向的重要因素之一，而每個人的戀愛風格千差萬別，有人整天傳訊息，傳到讓人懷疑是否對得起老闆支付的薪水；有人像是鬧鐘一樣，每天固定時間聯絡交往對象；有人不怎麼發訊息，但天天熱線一小時。正所謂形形色色。

我好奇她是哪種戀愛風格，我回想過去我們的相處模式，幾乎每天形影不離，所以不需要特別聯絡對方。不過我和她復合後感受到的是，她果然是自由奔放的風格，自我中心，覺得該聯絡的時候才會聯絡我。她早晨通勤時間有空會發訊息，但要是她那天睡懶覺或一早就有會議，往往中午過後也不見人影。由於她自己是這種風格，所以並不會抱怨或不高興我不聯絡她，每次交往新的對象都得重新適應相處模式，所幸和她交往不需要重新適應其他事情，還算自在。

「喂？妳在幹嘛？我下班了！」

我盡量在下班路上打給她，一方面因為回家路上很無聊想聽聽她的聲音，一方面希望多分享一些雞毛蒜皮的日常小事以早日拉近我們的距離，也許是因為出版社編輯的職業特性，她三天兩頭就得加班，很多時候不能講電話。

「我現在不方便通話，還在工作。回家小心。」

對於她能用這麼清脆的語調俐落掛掉我的電話，我有時滿傷心的，但又有什麼辦法？我只能無奈跟著她掛電話，幸好她下班方便講電話的時候還是會聽我說話，只不過回應冷淡，即便如此，交往中的男女會分享的話題不就是公司瑣事或八卦趣事嗎？

「妳今天過得好嗎？有沒有好玩的事？」

「沒什麼，就那樣……」

「和組長沒發生什麼事嗎？」

「嗯，最近還好。」

「沒有讓妳覺得煩的同事？」

「沒有。」

我想聽她說一些生活瑣事，但我問她過得怎樣，她經常隨口應付我，出於無奈，我使出撒手鐧——搬出從電視節目得知的趣事或有趣的 YouTube 影片和她瞎聊。

習慣這種相處模式的我，那天卻反常生氣，我有種感覺，她的刻意沉默是為了和我保持距離。

「搞什麼啊，妳每天都只聽我說……妳不喜歡和我聊天嗎？」

「不是那樣的……」

「那就跟我分享一些話題！我也想聽妳發生的事情。」

無微不至的超暖心男友。我極其溫柔地催促她。她在短暫沉默後發問：

「你真的想聽？」

「嗯，當然了。說什麼都好。」

「好，那我跟你說吧。今天上班路上，我看到了這些新聞報導。昨晚某個男大生非法闖入同校女生宿舍，對女學生霸王硬上弓，還毆打因害怕而反抗的女學生；在江南夜店有女性遭人下藥昏迷，是一種叫神仙水的迷姦藥，聽說非常可怕；還有小學六年級生上傳的網路文章，告發學校MeToo事件。啊，還有某個饒舌歌手創作了奇怪的歌曲，歌名好像叫兩性平等主義者？對了，在入口網站某位變胖女藝人的名字一整天登在熱門搜索詞排行榜第一名。」

「嗯……」

「還有，我下午聽說了某椿性侵案的消息。嫌犯沒有判刑，被無嫌疑釋放了。我之前看過受害者上傳的文章，我實在太氣了，我不是法律系的學生，但是我真的很想知道嫌犯被無嫌疑釋放的原因，花了很多時間搜尋網路情報，真的是氣死我了。」

「喔……」

「這就是我的一天。」

她像是饒舌說唱般飛快說完後，又自然地結束了話題，我無比慌亂。我只是想聊一些平凡的話題，像是午餐吃什麼、公司的人怎麼樣和一些生活趣事，萬萬沒料到她會突然說這麼嚴肅的事情，又不是在拍時事舉報節目。是因為這樣，所以才有人問「女性主義者有可能過一般人的生活嗎？」。

「原、原來如此。看來妳今天……運氣很不好。」

不知道該說什麼好，我隨口講了些場面話。

然後她回我：

「今天？要是只有今天這樣就好了。」

「不然呢？」

「每天都這樣。嘖。真叫人失望。」

她用極度厭煩的語氣說著。

老實說，我沒有同感。雖然那些新聞不是子虛烏有的內容，但有必要刻意找一些會讓自己生氣的東西看嗎？天底下有那麼多的好事，而且她說的內容沒有一件是我這個當男友的能解決的，這使我有些悶，自尊受損，沒有其他能聊的嗎？我想破腦袋，刻意用理性的語氣予以回應：

「總之剛剛妳說的新聞事件，妳太站在受害者立場去看待整個事件，也許實際情形完全不是那麼一回事，不是嗎？不能聽信單方面說詞，以後說不定會打臉，發現是誣告。我們先靜觀事情發展，妳說好嗎？」

「……」

「喂？寶貝？喂？」

電話另一頭無聲無息，我把手機拿到眼前一看。斷線。手機和老式電話機不一樣，不會發出嘟——嘟——嘟的聲音，所以斷了線當事人也不知道。

可是為什麼會斷線？我重撥給她，她沒接聽，直到響了十幾聲之後，她總算接起。

「電話斷了。」

「是我掛斷的。」

「……什麼？」

「如果你要說那些話就掛斷吧，我不想聽。」

眼下情形過於荒謬，我一時說不出話，思考進入緩衝階段。

「再怎麼不想聽，妳怎麼可以掛我電話？女人們把誣告想得太輕鬆了，很多被誣告的人身心飽受折磨。」

「……」

「喂？喂！」

該不會吧……我又被掛了，啊，電話斷線，我的耐性也跟著斷線，呼，呼，我在擠滿下班人潮的地鐵裡大口深呼吸，企圖壓下心中湧上的怒火，我身邊的人用奇怪的視線打量我。控制失效。她怎麼能對男朋友做這種事？我控制不住憤怒的情緒點開訊息窗，大拇指用力按下鍵盤。

站在中立立場看事情錯了嗎？

妳帶著個人感情色彩看事情更奇怪吧？

法官會判無罪一定是有原因的！

有多少男人因為誣告毀了一輩子！

打著打著，我的情緒加倍高昂。

我們為什麼要因為這種事吵架？

她突然一口氣說這些事情，要我怎麼反應！我不是性侵犯也不是法官，甚至還不是唱奇怪歌曲的歌手，是要我怎樣！我悶得半死，只希望快點收到她的回訊。當我好不容易看到訊息旁邊通知已讀的數字1消失，心情才好了一些。我的心臟劇烈跳動，我倒是要看看她能說些什麼！這時候她發來了訊息。

我說了我不想聽那些話。

真是很做自己呢！

掛斷電話不理人是可以的嗎？

我們不是應該要溝通交流，說服彼此嗎？

交往不是這樣的嗎？

溝通？

對！

你誠實一點吧。你做好溝通的準備了嗎？

你不是真心想聽我的想法，只不過想進行直男癌的說教。

直男癌的說教？那是什麼？

不是，才不是那樣……

我氣急敗壞地一句句反駁，但她的訊息就此停止，啊，真的是！我躺著也能中槍，太委屈了，到頭來我不同意她的話，她就不想跟我說話。不講道理，永遠認為自己說的都對！就是因為這樣，大家才會說「女權納粹」（Feminazi）！我氣到想上「Pann Nate*」發文，天底下哪有像我這樣的男人？

我細想這段話題始於我和她沒話題好聊，我處心積慮想讓她「退出女性主義者」，但我沒想到她會不可理喻到這種程度！

我不知道該拿這股鬱悶又憤怒的心情怎麼辦，於是打算先找出她說的新聞事件，站在理性客觀的角度深入研究我有沒有說錯。我先在搜索引擎裡打下相關關鍵字，但是性侵相關新聞比我預期的多，這是韓國被稱為「強姦王國」的原因嗎？不僅如此，無罪和誣陷判決的相關新聞也多到爆，我東看西看，愈看愈是一頭霧水，立刻放棄研究。

我氣呼呼地回家吃晚餐後打遊戲轉換心情，這天我的遊戲運特別旺，連

譯註：Pann Nate 是韓國網站 Nate 中的論壇，使用者以女性網友居多。

贏了好幾局，但改變不了惡劣的心情。我在打遊戲中途確認好幾次手機，她果真沒聯絡我，我想來想去都覺得做錯的人是她，隨便掛人電話是不對的，不是嗎？要先道歉的當然是她。

到隔天下班為止，她音訊全無。我死都不想當那個先聯絡的人，在下班的地鐵上滑過數十次手機螢幕上她的手機號碼，苦惱不已。

我要不要發訊息，「妳真的太過分了吧？」，但如果她已讀不回，我想我會鬱悶而死。

煩惱到最後，我一咬牙打了電話，焦慮地等待電話接通。響了十幾聲的手機鈴聲預告著她的拒接，我正想著是不是該掛掉的那一刻，電話通了。

「喂？」

她久違的聲音一如既往地冷淡。

「……妳在生氣嗎？」

「沒有。我現在很理性也很冷靜。」

「好，那就好。妳不擔心我嗎？」

「要擔心你什麼？」

妳有沒有睡好、早上有沒有準時起床、有沒有好好吃飯、在公司有沒有發生什麼事，是不是又和那個變態作家見面了……不過才一天，我對妳有一大堆好奇的事情，妳真的是……

「算了、算了……」

我死心地嘆了口氣。

她也調整呼吸開口道。

「我不是說過了嘛，我早就知道會這樣，我並不想因為這些事消磨我們的感情。」

「我想過了，我們不要聊這些話題不就好了？不聊這些我們就能好好交往。」

「所以我才不說話，是你問我的。」

「不是，那是因為……」

我怎麼知道事情會變這樣！

「我因為那些事情覺得壓力很大，覺得心累生氣，那是我每天的日常生活。我不想和你說那些，所以才和你無話可聊。」

「……」

「你問我為什麼不跟你分享日常生活？因為那些事超出你的理解範圍。」即使她不這樣說，我也是無話可說，不過她好像有把話說得很討人厭的才華。

「我聽了那些事情能做什麼？我又不能改判嫌犯有罪，也不能把妳討厭的傢伙全部抓起來弄死。」

「我有叫你那樣做嗎？」

「不然妳要我怎麼做？」

「至少要一起罵，怎麼會是無罪，真的太不應該了。」

「這種判決又不是第一次發生……」

「你想再被我掛電話嗎？」

「喂！」

「先同理我的感受，傾聽我的話，這樣不就行了？」

說得簡單，那等於是無視我的立場。

「可是我是男人。妳說那種話好像在影射所有男人都是潛在加害者，我聽起來就像我犯了錯，讓我很不舒服。」

我努力沉聲以表達我嚴肅的態度。

「我說那些事情難道就很舒服？我也很不舒服，哪有可能舒服。」

意外地，她附和了我的話。

「是吧，就是這樣吧！我們兩個都很不舒服，所以……」

我正想說「不要再看那種新聞，不要再聊那種話題」，她搶先說：

「以後我不看那些新聞，只和其他女性主義者聊這些就行了吧。」

不是吧，結論怎麼是這個？鬱悶感和反感在我心中翻湧而來。

「妳是社會運動家嗎？還是政客？妳是什麼身分？到底為什麼要在意那些事情？」

「因為那不是別人的事！」

嚴格來說，那是別人的事才對！她到底為什麼要這樣？我緊抿雙唇無法理解，她繼續說：

「你這麼快就忘記我被作家性騷擾的事情了嗎？新聞裡發生的事情，有些已經發生在我身上了，有些將來會發生在我身上。我們心知肚明，你不是也覺得不舒服嗎？你願意忍耐這種事嗎？我不願意。這種事像是空氣般存在於女人的日常生活，女人迴避得了一時，迴避不了一輩子。」

「……」

「要是男人不做那些事，我們就不會討論到那些事。你有在聽嗎？那麼你也不會被當成潛在犯罪者。」

明明是講電話，她說話不饒人的臉龐卻浮現在我眼前。

「好……好吧。」

我明明想反駁卻因無話可說，只好開始打含糊仗。「自討苦吃」，這句成語浮現在我的腦海，我試圖抹滅掉這段不愉快的對話，回到我們當初瞎聊公司煩心事或聊 YouTube 影片的時候。

然而在那天之後，她話匣子大開，舉凡性騷擾、偷拍或散布偷拍影片、跟蹤狂、威脅、猥褻、施暴、殺人、未成年者性交易、性侵犯無罪判決等各種新聞，她如數家珍，而我一律答以「啊，原來如此」的標準答案。

「原來這麼危險？」

「原來這麼多人喜歡偷拍？」

「原來世上這麼多奇怪的人？」

讓我不得不做出這些表面性反問的無數時事新聞事件。

原來韓國不是個治安良好的國家？真是，有夠奇怪的，警察一定有在做事情，每一次的對話都讓我愈來愈困惑。而我選擇把這些疑惑深藏心底，因此壓力一天天累積。

7 週末約會

相較於我和她的戀愛風暴，公司顯得風平浪靜，儘管目前處於新產品研發時期，週末加班變成了家常便飯，但整體而言，工作方面順利到會讓人感到不安的程度。

某天平日，我準時下班回家吃晚飯，我想確認週末約會地點，於是發訊問她：「有沒有想去的地方？」她立刻回答：

這個週末去咖啡廳約會怎麼樣？

咦？

我最近在準備一個企畫案，週末想多做一點。

唉呦，是誰之前口口聲聲說要辭職？我驀然想起過去我們天天咖啡廳約會兼準備求職的時期。自從和她分手後，我很少一個人去咖啡廳，畢竟獨自一個人做著兩個人曾一起做的事，正所謂淒淒慘慘戚戚，現在既然恢復兩個人，我一口答應她的邀約。

週末我和她約好市區見。準時出現的她依舊一身「男孩風」，因為是我的女朋友，我盡可能美化措辭。嚴格說起來「男孩風」指的是穿著打扮像男孩的風格，不是嗎？而她只是穿成了……「男孩」。

下身是寬褲配運動鞋，上身是寬大夾克內搭寫著英文字的T恤。

「每個人都應該成為女性主義者。」

我在心裡默讀了這句話，諷刺的是這件T恤是她的打扮中最清楚告知她是女性的部分，因為男人不可能穿這種T恤。打死都不可能。

週末咖啡廳坐滿念書和工作的客人，這家咖啡廳是她的私房工作地點，她把笨重的筆電放上桌，而我從包包裡拿出一本朋友借我的香港旅遊書。

她瞥了我一眼。

「為什麼是香港？」

「下次休假我想去香港。」

我腦中忽然靈光一閃。

「要不要一起去？妳去過香港嗎？」

「沒有，沒去過。我沒錢。」

「男朋友我會出錢。」

「不必了。」

「我不是開玩笑，只要我們配合好公司放假時間。」

我承認我確有虛張聲勢之嫌，管他的，先打腫臉再說，而她擺擺手拒絕說：

「真的不用了，我明年年初另有計畫。」

「什麼？什麼計畫？」

「以後再告訴你，現在得先工作。」

我莫名在意她的計畫，但看她守口如瓶的樣子，似乎不是追問的時候，我只好先把好奇心放一旁。

「我怕你無聊，所以我帶了本書來。」

一本粉紅封面的書從她包包裡被拿出來。

「這本好像很適合你看。」

《外貌協會》，封面斗大的書名。

「呃……？」

我本能排斥那本書，她看出我對這本書不感興趣，於是說：

「這是不久前我負責出版的書，最近市場反應不錯。」

「是嗎？那我一定要看！」

喜不喜歡這本書是其次，給予女朋友好的回應是首要之務。

「這個社會從古至今就在意女人的外表，女人無法擺脫社會外貌主義的束縛。這本書談的是女性們怎麼擺脫被以貌取人。我非常喜歡，也正在實踐書中說的內容，我想也許你會想了解。」

簡言之，是一本關於女性主義的書，她毫不避諱直述書的內容，讓我更不想看它了，不過這時候必須發揮適當的社交性。

「啊，這樣啊，謝謝，我會好好看的。」

她點點頭後又從包包拿出東西，是眼鏡，且是黑色粗框眼鏡。

「妳有戴眼鏡？」

「有，工作的時候會戴。」

素顏，短髮，加上眼鏡，散發出女性上班族的氣息，另帶點熟女感，總之這一型不是我的菜。

「我以前偶爾會戴隱形眼鏡，你大概不知道。」

「啊，我真的不知道。那現在不戴了？聽說隱形眼鏡對眼睛不好？」

「對。還有我現在覺得沒必要戴隱形眼鏡取代眼鏡。」

「啊……」

「原因，那本書有寫。」

說完最後那句話，她微微一笑，意思是「閉嘴，快點打開那本書，我要工作」。

「我要先看香港旅遊書。」

「這樣啊。」

口氣莫名冰冷。我識相地把香港旅遊書放回包包。

「不了，還是先看我女朋友編輯的書！」

這種心累的感覺是什麼，我內心邊嘆氣邊硬著頭皮翻開那本書。

先撇開書的內容不說，久違的紙本書手感，讓我的心情變好了，知識分子感大爆發。

在書的第一頁推薦序中出現了知名女性運動選手的名字，多虧如此，我暫時感覺到閱讀的樂趣。根據這本書所說，男性選手無論外貌如何，只要實力出眾就會被美譽為暖男，沒人會批評他們的外表，但女性選手無論有多出色的實力或成績，不時會遇到針對她們外貌評價的網路惡性留言，要求她們減肥或攻擊她們的外貌，這一切全歸咎於韓國文化不看女性的成就，特別著重女性外表的特性。看到這裡，我無法輕易翻頁。網路惡性留言只會針對女人嗎？大眾要她們減肥是關乎健康問題，不是嗎？這個作者好像有點過分解讀了。

第一章內容描述大部分少女從小就渴望變美、變瘦，甚至有五歲不到的女孩已經開始愛美減肥。女孩們是這樣，但男孩的想法呢？男孩從小希望成為有學歷、有資歷又長得帥的高個子演員。在外表方面，男人也一樣無法享有自由，個子矮會被視為魯蛇，長得醜的男人很難和女人搭話，不帥的男人一定要有錢。男人必須出身豪門，或是要超級會念書才能改變身分階級獲得成功，還要能幫忙帶孩子。男人活著也很累好嗎？

接著書中出現了一名認為自己很胖的十多歲女孩，但在那個年紀，大家不都這樣嗎？甚至我現在也認為如果我長得像演員朴寶劍、姜棟元那麼帥，我的人生一定能更加一帆風順。撇去性別不說，只要是人不都是這樣的嗎？問題出在「外貌至上主義」。

當然不可否認女人會因「外貌主義」的心態而心累，但說實話，男人身處的情況也半斤八兩，只不過更常被無視而已。女人喊累不等於男人就不累，所以我認為書中的論點不具說服力。

我愈讀，腦海中的疑惑愈來愈多，也愈來愈反感。我想這和她讓我看這本書的目的背道而馳。我因疲憊不知不覺地放下書，看向身旁埋首工作的她，我不確定她是不是假裝沒察覺我的視線，一直緊盯筆電螢幕，手指在鍵盤上飛舞。現在的她和四年前長髮披肩、愛穿洋裝的她有顯著落差，但我確定她的美麗不減當年。她的側臉顯得她的鼻梁更高挺，而她的皮膚怎麼能這麼白嫩？年至三十卻如此娃娃臉。她熱中於工作的時候相當有魅力，所以那個作家才妄想老牛吃嫩草吧。過去我讓朋友們看她的照片時，真的超自豪的。

當我們一起走在街上的時候，迎面而來的男人們視線老是停留在她的臉上，身為男友，我的心情擺盪在暗爽和不爽之間，我討厭別的男人看我的女友，優越感卻也同時作祟，這麼漂亮的女人是我的女朋友。

一想到這裡我心情大好，把頭靠上了她的肩膀，正在工作的她毫無反應，於是我又把鼻子蹭了上去，她還是沒反應，得寸進尺的我正想摟住她的腰，說時遲那時快，她看向我。

「全部看完了？」

「嗯。」

「少騙人了。」

她撇嘴不信，視線重新看向筆電螢幕，啊，側臉超可愛。

「不過講真的，妳活到現在沒有因為外表吃過虧吧？肯定有百利而無一害。」

「你說什麼？」

「當然，我也一樣……」

「你在說什麼？」

我放出甜言蜜語攻勢哄騙她，然而她皺起的眉頭意味著我的攻勢失敗，害怕之餘，我連忙說出重點。

「我的意思是妳漂亮！我的女朋友最棒了！」

我甚至豎起大拇指比讚，她卻一臉不高興地嘆氣。

「不懂就得好好學，唉，我現在到底和你在幹嘛？」

「就是啊，我也不知道自己在和妳幹嘛。」

我故意說笑，她低垂眼眸，萬念俱灰貌。

「好，隨你便。」

我期待「隨我便」這句話已久，但當我看到她寒心的神情還是有點受傷，更重要的是，我無法忍受這樣看我的人是我女朋友，我絞盡腦汁想辦法哄她開心，減少她的失望，卻無計可施。她朦朧的視線望向了虛空說：

「你還記得上次對我說的話嗎？你問我為什麼我想改變世界卻沒信心能改變一個男人？」

沒錯，我說過這種話，應該是在鐘閣的咖啡廳吧。那時要我講什麼理由都無所謂，我只需要一個留住她的藉口。

「我剛才看著你看書的樣子，心想哪怕改變不了世界，也許我真的能改變勝俊你。」

這是我第一次看到她傷感的模樣，向來只揮舞鞭子的她現在是突然拿出紅蘿蔔，改走柔性策略嗎？啊，早知如此，我一定會假裝多看幾頁書！

之後幾個小時我靠在她身旁，像是一隻聽話的小狗，乖乖地看著那本書。太久沒看書，我很難集中精神，再加上我並不完全同意書中的觀點，淨是些讓我反感的鑿空之論。即便如此，我還是努力地靜下心閱讀一頁頁白紙上的黑字，我所做的這一切終極目的都是為了讓她自願放棄當激進女性主義者，和我步入禮堂。我邊看書邊勾勒未來的藍圖。

這段時間，她除了偶爾去洗手間之外，真的非常認真在工作，幾乎不看手機。她的樣子過於帥氣美麗，我情不自禁地吻了她留著短髮的後腦勺，她一樣無反應。我傷心卻也意識到自己該利用她認真的時候找點事情做，為了振奮被書本催眠的精神，我打起手機遊戲。自從無所事事的待業青年期之後，我還沒坐在咖啡廳這麼久過，屁股逐漸產生痛覺。

不知道究竟過了多久，她終於摘下眼鏡說：

「差不多做完了，肚子好餓！」

「辛苦了，我們快去吃飯吧。」

我滿心雀躍地闔上書，用最快速的速度收拾好喝完的飲料。她一邊活動僵硬的身體，一邊走出咖啡廳，很自然地拿出一根菸，有種忙碌後的慵懶感，我每次看到她抽菸都覺得她帥翻了。

我們去了附近的餐廳吃炸雞和啤酒，炸雞是忙碌的一天後犒賞自己的最棒的大餐，她笑說自己是小學生口味，小學生又怎麼樣？炸雞也是我最愛的食物，反正我們就是天生一對，我們的口味也是天生一對。

桌上有好吃的炸雞，我面前有她，最關鍵的是，謝天謝地我終於擺脫那本女性主義書籍，真開心。

「我們明天做什麼？」

「啊，我明天要去參加集會活動。」

「什麼？」

「明天有聲討偷拍集會，還有其他事……」

「我們的約會呢！」

我竭盡全力裝可憐，但她眼睛不眨一下聳肩說：

「要不然一起去，來個集會約會！怎麼樣？」

她自以為有趣地笑了。拜託，一點都不有趣好嗎？

「什麼跟什麼啊，週末要和我約會才行。」

「今天不是約會了嗎？」

「妳工作，我看書，這算哪門子的約會？」

而且我看的是女性主義的書！忍了一天的怒火湧上來。

「那不是約會是什麼？你又來了嗎？什麼是約會？」

她笑得古怪。因為之前在鐘閣站前的咖啡廳，我嚴肅問她「什麼是激進女性主義者？什麼是韓男？」，她現在一逮到機會就會反捉弄我。

「吼，我不管！知道了，妳想去集會就去集會，但是我也有我想做的事，妳必須答應我一個要求。」

「是什麼要求？先說來聽聽。」

「哪有這樣的！妳先答應會答應我的要求。」

「我知道了啦，先聽再說。」

「答應我！」

「先聽再說。」

這個銅牆鐵壁般的女人一句話都不肯退讓，我又能拿她怎麼辦呢，畢竟有所求的人會更焦急。

「我今天不是很認真看書了嘛。」

「我能考你內容嗎？」

啊，真是的！我按捺心急，直接切入正題。

「吃完炸雞後能去妳家嗎？我是不是太直白了？」

「嗯，超級。」

「嘻嘻。」

她的回答讓我咧嘴大笑，直白又怎樣。

她喝了口啤酒才又開口說：

「好，來吧。」

「耶！」

她的一句話讓我餓感頓失，吃得也差不多了，我改托下巴盯著她，她避開我的視線說。

「我還沒吃飽。」

「嗯，我知道。慢慢吃，慢慢吃。」

我故作泰然，繼續托下巴盯著她，但視線中發射出迫切的雷射光，本來打算忽略我視線的她最終忍不住笑了，我也跟著她笑。

「唉呦，你真的是！」

「妳明知道我在想什麼就快點走吧，好嗎？快點！」

我們打包了剩下的炸雞，並肩走向她家。

我們打開門脫鞋，緊摟彼此，直奔床鋪。親吻、撫摸、脫衣……一切自然地發生。我脫下她的上衣，沒想到理應要有的內衣卻不翼而飛。我暫時慌張了一下，很快就忘了，反正都要脫掉的，沒穿更方便。

在絕佳的時機，她從床底的箱子裡拿出一個保險套放在我手中，真是的！雖說我經常碰到緊要關頭找不到保險套的情況，偶爾不免敗興而歸。男女應該要同心才對。男人都渴望「不戴套」，但為了無套做愛糾纏女方會破壞氣氛。再說了，凡事小心為上。喔吼。她口口聲聲說不結婚，弄大她肚子好像不失為一個好方法？在電光石火的一瞬，我的腦海閃過無數個念頭，就現在而言，我還是得讓手中的這玩意物盡其用。

感覺太棒了，她好像要把我整個人吸光似的。

「啊啊，好舒服……」

在我下方扭動身體呻吟的她似乎和我心靈相通。上次光化門重逢的那一夜，喝醉斷片的我最後記憶只停在這裡，所以今天是我們復合後我第一次看到她床上性感撩人的模樣。

「舒服嗎？因為是和我做，所以舒服？」

我喘息問，她夾雜厚重混濁的喘息呻吟代替了回答。我不死心追問：

「分手後我有時會想念和妳做愛的時候，妳也是嗎？是嗎？」

是嗎？告訴我，快告訴我！

她出乎意料地拍了我的臀部。

「我要在上面。」

在我回答前她便跨坐到我身上。第一次和短髮的她做愛有種陌生感，但這種女上男下的姿勢別有一番風味，我不自主地亢奮，天啊。她有了可愛的小肚子。她不管我的胡思亂想，逕自緩慢地扭動她曼妙的身軀，帶領我的手去撫摸她的陰核。

「我喜歡這樣被摸。」

「嗯……」

「你喜歡嗎？」

「我、我全都喜歡……啊啊。」

由她主導的做愛節奏比我想像的更刺激，我變得恍惚。

「啊，我，好像要高潮了……」

「不可以！往左邊一點，那裡……」

不知道是不是因為她那句「不可以！」的語氣太強烈，我的小老弟立時踩煞車，她果斷地騎坐在我身上，大膽地擺動。我從下方仰望她，按她說的努力愛撫她，我當然不排斥愛撫她，但心底深處總有一股尷尬感，過了一會，她大聲呻吟著向後倒下，這就是女人的高潮嗎？即便是我們打得火熱的四年前，我也沒見過她這種模樣，陌生又神奇，她的全身連帶棉被全都濕透了。

她如此享受的模樣，作為床伴的我應當要感到自豪，奇怪的是，我的心情卻恰恰相反。為何會這樣？剛才急著射出的我的小老弟軟掉了。

「你也高潮了嗎？」

「啊，沒有……」

「啊，剛才真是太棒了。」

在我支吾回答的同時她喃喃地說，她從我的身體下來，走到窗邊咕嚕咕嚕地喝水，被獨自留在床上的我默默拿下保險套，有種床上失意的心情。
我好像變成了這場性愛的被動角色，做愛的節奏不再由我主導。好像就是這樣。先不說差勁的心情，基本上我對女性主導性愛的情況相當陌生。
「要喝水嗎？」
「嗯，給我吧。」
她裸體大步走來，給了我水之後走進洗手間，她的裸背映入我的眼簾，果然是大長腿。剛才雖沒能看清楚，不過我隱約感覺得到她的大腿變得非常健壯。她說她每天都會運動，看來運動得很認真。當我躺在床上胡思亂想時，我突然瞥見那個放在床底箱子裡的內容物。有保險套、潤滑液，還有一個長得很像門把的粉紅色玩意，上頭還有兩顆按鈕。那玩意的尾端用矽膠做成圓圓的模樣。這是什麼東西？我隨手壓了壓那個東西的矽膠末端。
床底下常備保險套的獨居女性，很難和四年前的她做聯想，當然，從前她也很性感，但當時我們和爸媽同住，想做愛就得去旅館，所以不常做，如今她一個人住……呃？她不會每天帶男人回家吧？一想到這裡，我的心情變得奇怪，加上剛才她熟能生巧地主導床戰！

「你在幹嘛？不沖一下嗎？」

不知不覺間，她回來了。

「這是什麼？」

我故作泰然地揮了揮手中的東西。

「啊，那個？美膚按摩儀。」

她笑咪咪答。

啊，原來如此！我拍了下膝蓋。

「所以妳的皮膚才那麼好！這個怎麼用？」

三十歲的女人素顏皮膚這麼好，果然是有理由的，她自己用這個，竟然還讓我看那本《外貌協會》，真是的。我反覆觀察那個「美膚按摩儀」，她盯著我的動作爆笑出聲。

「傻瓜！你居然相信了？那個是自慰用品啦。」

「什麼，自慰用品？」

我大驚低頭看著手上的那個東西，我知道女人會自慰，可是我不知道這世上有女人自慰的用品！更不要說它長得圓滾滾的，還是可愛的粉紅色。這玩意哪裡像男人性器，而且有自慰功能？

「女人的自慰用品都長這樣嗎？」

「唉，你這個天真的男人。這是刺激G點用的。」

「哇靠！怎麼用？」

「還能怎麼用。唉，下次用給你看，現在我懶懶的。」

她伸懶腰躺到我身旁，我順勢擁她入懷卻被她推開。

「去沖一沖再來抱！汗流浹背不覺得很難受嗎？」

「喔，知道了。」

我尷尬地到洗手間沖熱水澡。沖澡時我的腦袋一團亂，她有個放保險套的箱子還不夠，甚至有自慰用品。我知道她變成了激進女性主義者，而這些東西和她變成激進女性主義者有關嗎？我有點混亂。

我用毛巾擦乾身體和頭髮後回到房裡，她已經收好了那個箱子，我躺在她身旁小心翼翼地問：

「女性主義者應該不討厭做愛吧？」

「什麼？你為什麼這樣問？」

「女性主義者不是很討厭男人開黃腔嗎？還發起了 MeToo 運動……」

「喂，你夠了。」

她伸手摀住我的嘴，不是為了挑起我性慾的惡作劇，而是真心要我「閉嘴」，我慌張地移開她的手抗議道：

「我是說真的！女性主義者的形象就是那樣。像是B舍監*那樣超級挑剔，討厭全天下的男人……」

那一刻她發自內心地深深嘆氣，並且轉身背對我說：

「你還是睡覺吧。」

「為什麼？我說錯什麼了嗎？我就是不理解才這樣說。」

譯註：出自韓國小說《B舍監與情書》，小說內容描述從沒交過男友的萬年單身B舍監，收到許多情書之後，開始動心的過程。

「要不要再多看幾本書？」

她頭也不回拋出一句令我後背冷颼颼的話，我從她背後摟住她的肩膀，真摯地說。

「不能用嘴巴說明給我聽嗎？拜託。」

她思索片刻後嘆氣翻身。這次她面朝天花板平躺，我從側面看著她，她的眼神透出複雜的情緒。

「因為你連性侵和性關係都不會分。每個人都不喜歡在非自願的情況下被迫做任何事，女人也是人，怎麼可能沒有性慾？」

「原來如此。」

「當然了。」

她爽快的答案讓我的心情又變得複雜。

「那女人在慾求不滿的時候也會找一夜情嗎？」

我知道這種迂迴式提問很卑鄙，幸好她似乎沒察覺我的意圖，搖頭說：

「有可能會，但女人一夜情遇見瘋子的機率很高……再說要避孕！只有女人單方面擔心懷孕，太累了，太累了，所以想做愛的時候，在家裡自己解決是最好的。」

她手指向剛才那個箱子，暗示那個「自慰用品」。

「一個人做有點那個吧……和兩個人做差很多，不是嗎？」

我裝腔作勢看向她，對吧？當然是這樣，和我做愛好太多了，不是嗎？

她雙目圓睜回答。

「才不是好不好？這個是言語無法說明的。不然自慰用品怎麼會被叫做家電伴侶？家家戶戶都應該準備一個才對，可惜你用不到。」

我們的對話內容無比荒謬，但她說這些話的時候卻流露出難以名狀的煽情感，近乎剛才和我做愛時性慾高漲的朦朧感，不，超越那之上。我大怒道：

「妳的意思是那個玩意好到妳不需要找男人了嗎？這種說法太奇怪了！」

她一臉荒謬地說。

「不是，一碼歸一碼……我說過這世界有很多瘋子。」

咳咳。

「世界上真的有那麼多瘋子嗎？」

我並不想否定她的話，當然也不代表我肯定她的話，她用「你要我怎麼辦」或說是「這些還得一五一十告訴你嗎？」的表情看著我。

「耍賴皮說自己想不戴套做愛；吵吵鬧鬧要女人幫他口交；突然罵一些不堪入耳的髒話；拳打腳踢……女人說不想交往下去斷了聯絡後，會不斷糾纏、跟蹤女人；威脅要大肆宣揚兩人私密事；太害怕帶男人回家，去旅館又害怕有針孔攝影機，還有也許對方是個偷拍慣犯……」

天啊，從她的嘴裡聽到這些事，我非常地吃驚，但仔細想想，她說的這些似乎都是新聞報導中司空見慣的內容。她看到我的反應，聳肩補充道：

「至少你是我交往過的人，而且我也夠了解你，帶你回家還算安全。」

「原來如此。」

還算，這個詞沒有讓我很開心，不過由此推算，除了那個長得像美膚按摩儀的自慰用品，她的香閨似乎沒那麼容易被他人闖入。

「總而言之，我當然喜歡做愛。做愛又沒犯罪，但是！我只喜歡和我喜歡的人，在我想做的時間，用我喜歡的方式做。」

「是嗎？我無時無刻都喜歡做，嘿嘿……」

我狀況外地嘿嘿奸笑，她的銳利眼神瞪著我。

「那就是問題所在！」

「這算什麼問題？」

我不以為意地撇嘴，但她沒打算停止這個話題。

「還有你是不是以為只要有戴保險套就能後顧無憂？」

「當然了，不是嗎？」

「不是。保險套的避孕失敗機率非常高！」

「我可沒有失敗過！」

「哎，那是你個人的想法。站在女人的立場來說，就算是零點零零一的可能性也非常可怕，你知道嗎？而且韓國是禁止墮胎的國家！這真的很值得生氣。你懂在大創買三千元的驗孕棒的心情嗎？」

「不用擔心！我真的沒避孕失敗過。」

儘管我發下豪言壯語，她仍搖頭悲壯地說。

「保險套絕對不保險，但有一個絕對保險的方法。」

「咦？是什麼……？」

「結紮手術！」

一時間我懷疑我聽錯了，但她的眼睛閃閃發亮地眨呀眨。

「那個，以後想解開還是可以解開的，你知道吧？你不想無憂無慮地做愛嗎？如果有男人做了結紮手術，我對他的好感度會上升兩百分，啊，但必須要給我看手術證明書，因為從外觀上看不出來。」

她跟身強體壯的三十多歲未婚男人提什麼結紮手術，這是不是太扯了？她是不是精神不正常？我腦海一片混亂又慌張，勉強維持平常心道：

「避孕方法那麼多，為什麼偏偏要……」

「我吃口服避孕藥有嚴重副作用，會一整天昏昏欲睡，心情憂鬱，反胃想吐，再說，我抽菸也不適合吃。」

那就戒菸！我本來就看不順眼她抽菸，她還敢提抽菸，簡直是火上加油。

「避孕花的錢加加減減，三十萬元跑不掉吧。買保險套和避孕藥的錢，買驗孕試劑的錢，想一想還是多少有經濟負擔，是吧？」

「夠了，不要說了。」

我總覺得她會立刻拿出結紮手術宣傳手冊，感受到危機的我不知不覺間變得嚴肅，她向我投以不屑眼神。

「反正得快點讓終止懷孕合法化，這樣女人不管去哪家醫院都能接受安全的墮胎手術，到時男人可以無後顧之憂，瘋狂做愛，多好。」

「唉呦，女人才爽好不好，尤其是像妳這種漂亮又懂得做愛替男人省力的女人。」

我現在是配合妳這個激進女性主義者，老實說站在男人立場上，男人做一次愛累得半死，女人躺著爽就夠了。

我不過是說出平常的內心話，她再次用殺氣騰騰的眼神瞪著我。

「你真的是，不知道該拿你怎麼辦才好！」

「我又怎麼了！」

我們明明只是躺在床上對話，我搞不懂她幹嘛對我的每一句話反應都這麼大。她總是因為我說出我認為理所當然的話而發怒，彷彿我們在兩條平行線上奔跑，看來我們往後的難關難度很高，會像走鋼索一樣驚險。

「總之，我會繼續參加墮胎示威集會和譴責偷拍示威集會，只有那些東西消失在社會上，我們週末才能安心約會，你懂吧？所以你也要出份力。」

「原來如此。是墮胎罪的錯。」

我已經不知道自己在說什麼了。

「現在睡吧。」

她翻身，我伸長手關上了檯燈，靠在她身旁，小心翼翼地摟住她的腰。我們赤裸擁抱的溫暖撫慰了我的心情。她好像覺得不舒服，挪了挪身體，抓住了我放在她腰上的手，莫非她要甩掉我的手？我正想著的同時，她把手輕輕地覆上我的手，移到了她的胸前。

今天果然是一場不得了的約會，仔細回想，有不少讓人頭疼的事情，不過我和她赤裸相擁的當下，那些事情神奇地煙消雲散，只留下了快樂和甜蜜的希望。

我就這樣抱著她沉沉睡去。

隔天早晨。

當我睜開眼看見陌生的天花板時，身旁的她不見人影，我起身走出房門，看到她穿著睡衣坐在餐桌前吃東西。我撿起地板上的內褲，邊穿邊對她說：

「借我衣服穿。」

「啊，好喔。」

她從衣櫃裡翻出了一件T恤和短褲，我隨意穿上後和她面對面坐在餐桌前。

「睡得好嗎？」

「嗯。你呢？」

「妳吃了什麼？」

「香蕉和雞蛋。要吃嗎？」

她替我準備了如同減重菜單般的樸素早餐。

「妳每天都吃這些？」

「嗯。早上沒什麼食欲，簡單吃吃。想喝豆乳的話，冰箱有。」

我邊剝著香蕉，突然動了捉弄她的念頭。

「我受不了每天吃這些，我早餐一定要有飯和湯。」

她一臉嚴肅，用可怕的眼神對上我的嘻皮笑臉。

「少說兩句吧，要吃什麼，你自己準備。」

「呿，開開玩笑也不行？」

「好笑嗎？」

我心底暗暗抱怨她活像個不懂幽默的女性主義者時，她起身說：

「我吃完了，先去洗澡準備參加示威集會。」

「妳真的要去？」

「你想說什麼？」

「妳不累嗎？不膩嗎？」

我抓住她的手盡我所能地撒嬌賣萌，她卻不吃這一套。

「我去洗澡了，你慢慢吃。」

真不夠意思。我拿起雞蛋用力往桌子上敲，把氣出到雞蛋身上。她打開洗手間的燈後回頭說：

「那件T恤很適合你，是給你的，你直接穿回家吧。」

咦？我走進她的衣帽間，這才仔細打量鏡子裡的自己，赫然驚見我胸前T恤寫著一行英文字。

「善良的女人才能去天國，壞女人想去哪就去哪。」

這……她到底有幾件女性主義字樣的T恤？非得讓我穿上這種衣服嗎！我的男子氣概深感危機逼近，我想立刻脫掉它，如此一來我就得穿上昨天穿過的衣服，很不舒服，可惡！我看著鏡中的自己老半天，好麻煩啊，我別無選擇，幸好現在也沒人看我。

那天下午她兌現了她昨天說的話，真的跑去參加示威集會。我送她到示威集會附近才回家。在此之前，我在她家拚死拚活地婉拒她送我「壞女人」T恤的好意，幾經折騰，她單方面主張，我以後想睡在她家一定要穿這件衣服才行。單身獨居女性是我們的關係中她的最大優點，到頭來，就連這一點也被她沾染上激進女性主義的氣息。

8 家族活動

「兒子，你最近有交往對象嗎？」

星期天晚上，她去參加示威集會，我閒閒在家吃晚餐，老爸老媽在看電視，老媽看著電視冷不防地拋出這個問題。我聽得出老媽小心提問的語氣，也看得出老媽充滿期望的眼神。也是，老爸老媽這段時間從不干涉我「什麼時候回家」、「為什麼不回家」，不過同住一個屋簷下的兒子不回家，為人父母當然會在意。再說，近來我約會和戀愛兩事皆無成，夜不歸宿這個詞和我絕緣甚久。發問的是老媽，但我感覺得出老爸在一旁豎耳等待我的回答。人生好難，壓力好大。

我一時躊躇不決，講真的，我無法判斷此時此刻和老爸老媽坦白我在戀愛是不是略嫌太早。等她回到從前模樣的那一天，我一定會把她介紹給老爸老媽認識，現在似乎還不是時候。她現在是個會抽菸，並且會去參加譴責偷拍示威集會和反性交易研究小組的女性主義者，在我整理好這些事之後再告訴他們會更好。

「不是你們想的那樣……」

我笑著打迷糊仗，老爸立刻發出嘖嘖聲，有點被惹毛的我也只能乖乖待著，老媽觀察了我的神情後開口道：

「既然沒有，你爸的老朋友在當老師，聽說人家女兒漂亮，個性也好，你要不要去認識新朋友？」

「我會自己看著辦的，媽。」

一來我現在有女友，二來我有我一貫的原則——不和爸媽介紹的女人交往。這是我從朋友身上得到的血淋淋教訓，在雙方長輩過度的關心與干涉之下開始的戀情，無論順利與否，都很讓人傷腦筋。

「你老說會自己看著辦，怎麼到現在一點消息都沒有？」

老爸用前所未有的可怕神情和語氣催促我。

在老一輩的思想觀念中，哪怕子女考上一等學府，進入一流職場，假若年過三十還是未婚就是不孝。從幾年前老爸的家鄉朋友們開口閉口都在炫耀孫子，我不是不了解老爸的心情，可是我就是不爽。

「又不是我想交就能交。」

「臭小子，什麼叫做不是你想交就能交！」

我不滿地沉默，超想大吼我早就交到女朋友了好不好。客廳氣氛一下子變得冷冽，老媽最後拍拍我的肩膀，出面打圓場。

「你先考慮看看，好嗎？」

「考慮什麼啦。」

我不悅頂嘴卻看見老媽別有深意地擠眉弄眼，與此同時，老爸發出不屑的嘖嘖聲後起身，砰一聲地關上房門。我嘆氣。

「我也回房了。」

我話剛說完就被老媽拖回房裡。她凝重地說：

「你爸的健檢報告出來了，有很多地方不太好，醫生要他戒菸，好好保重身體。」

啊，香菸。香菸果真是萬惡的根源，她也得戒菸才行。在老爸被醫生勒令戒菸的情況下，要是老爸老媽知道他們的準媳婦人選是個老菸槍，怎麼可能會開心。

「那又沒什麼。老爸因為年紀大了，身體才沒以前好，以後好好管理健康就行了。」

「當然了，但他心裡難免在意，擔心看不到兒子成家。人生無常，世事難料，誰也說不定以後會怎樣，他怎麼可能不擔心你。」

「真愛瞎擔心……」

對於老爸的反常，我的心情錯綜複雜。我感到荒謬、鬱悶，也愧疚自己變成了「娶不了老婆」的不孝子，但我又有點煩，不明白自己為什麼要因為未婚而內疚。

「你也知道你爸不到兩年就要退休了。」

「吼，知道了，在他退休前我會結婚的啦！」

我不知道該回答什麼好，居然下意識回答。兩年的時間實在不多。

老媽神神秘秘地向我遞來手機說：

「你看到這個了沒？」

我看到老媽手機螢幕畫面是老爸的通訊軟體大頭照。我們家不是那種愛天天聯絡的家庭，家庭聊天室裡只有老媽偶爾會發訊息，所以這是我第一次注意到老爸換了大頭照。

「這個小孩是誰？」

在老爸的大頭照裡，他抱著一個陌生的小孩笑得一臉幸福。

「我本來也不知道，一問之下，才知道是你永福叔叔的孫子。他把自己的大頭照換成和別人家孫子的合照……」

「……？」

「兒子，怎麼辦？不知道真相的人還問我這張合照是不是你爸的孫子呢？」

「天啊……」

這笑話幽默滿點，不過一想到當事人是老爸，我瞬間笑不出來。

「你爸只要一執著某件事就不管三七二十一，說不是自己的孫子又怎樣，看他想抱孫想成這個樣子，真的是……」

「唉呦……」

「偏偏健檢報告結果又不好，他心情正在轉換期，你多諒解他……」

「知道了，我會的。」

「話說回來，假如你現在沒有交往的對象，能不能先和那位小姐見面？我想你爸多少能消氣。」

老媽觀察我的神色後謹慎開口。啊，真的是……我很想拒絕，但一想到歇斯底里的老爸和被老爸折磨的老媽，我不由自主地動搖。

「我不說是因為還不是時候說。我現在確實有交往的對象，妳能不能先幫我向爸保密？」

「真的嗎？」

「真的，不過……嗯……是真的。」

老媽聽到我的話，笑容頓時撐開了她臉上的皺紋，我真的很久沒看到老媽這麼開心，最後一次看到她這個樣子，大概是我進公司面試合格的時候吧？

「我知道了，我會轉移你爸的注意力。好好加油，知道沒，兒子？」在嚴肅氣氛中開啟的對話，以老媽的加油打氣畫下句點。

我躺在床上，心情極其微妙。

結果還是說出去了，用冒冒失失不足以形容我對老媽的坦白，總之我說出了交往的事實，只是隱瞞了她的古怪。就連我都覺得她很棘手，老爸老媽絕對更難理解她的怪，我得加快速度改變她，讓她更貼近我的價值觀，若是不成功，早分手早好，這是最實際的做法，舉棋不定將會釀成大禍。

我鬱悶地拿起手機看 YouTube 搞笑影片，導致很晚才看到她的訊息。

我剛到家，你有好好休息吧？

今天太累了，我會早點睡。晚安。

收到她的訊息本該是開心的事，我卻莫名傷心。我明明感覺得出她喜歡我，她幹嘛拒我於千里之外。這一點讓我不滿，我們都已經交往一陣子，擺高姿態也該有分寸。我有不讓她參加集會嗎？我有撕爛她那些女性主義的T恤嗎？專注工作的她很有魅力、和她聊天很有趣、和她待在一起的時候非常自在愉快、她長得漂亮、和她做愛激情四射……她什麼都好。該死的女性主義！問題出在這裡。一想到我就傷腦筋……我該忍到什麼時候啊？

時間在我徬徨苦惱中流逝，不知不覺間，秋天來臨。

我得去參加爺爺八十大壽的家族活動外宿，一切決定得突然，要是是和她一起去情侶賞楓旅行該有多好。

即便是長輩的壽宴，別人家頂多吃頓自助餐慶祝就結束，我們家族偏偏要搞特別，硬是租了一間七十坪大的度假村房間，舉辦四代兒孫同堂的兩天一夜旅遊。

作為孫輩的我們理所當然沒有話語權，老實說家族旅遊既麻煩又不自在，而且會占用我和她的約會時間。我含糊告訴她我那兩天有事，但她當然不會輕易被我打發。

我無可奈何地坦承是爺爺壽宴，她搖了搖頭。

「唉，我老實告訴你。我以前和媽媽、姐姐住算很自在的了，不過你家真的是……」

「我家怎麼了？」

「反正，我知道了，你放心去吧。」

她話說到一半就停止了，並且擠出微笑。我懂她微妙的口氣，男友不能陪自己約會，哪有女朋友會不傷心、不生氣的。考慮到她的心情，我沒再追問，只是點頭回應。

引頸期盼的家族聚會之日到來。我開了幾小時的車載爸媽到了位於慶州的度假村，見到久違的叔叔、堂哥、堂姐和姪子們很高興。而這是我時隔數月見到爺爺，他看起來還是很硬朗。我們家大部分的親戚都住在大邱，只有我們一家人住在首爾，因此大家看到我們一家人格外開心。

大伯一見到我就問：

「勝俊你什麼時候娶老婆？」

我嚥了口口水，冷靜地回答：

「我現在有交往的對象。」

我身邊的老爸露出滿意的笑容，其實老爸在一路上千叮嚀萬交代說：

「你被問有沒有女朋友的時候，無條件說有，知道嗎？」

「他很快就要準備婚事了。」

老爸大聲補充，大伯喜出望外地說：

「真的嗎？怎麼不把女朋友一起帶回來？」

「遲早會見面。」

我聽著兩位長輩的對話，心裡直打冷顫，萬一她來參加我家的家族聚會……我無法想像會發生多恐怖的事。說不定騙親戚們我女友是國外長大，韓語不太流利的僑胞還比較好，假如死板傳統的大邱親戚知道她的真實身分後，兩者之間必然會出現一道無法逾越的鴻溝。不誇張，事情就是如此恐怖。

堂哥抱著姪子從後頭出現，好奇問：

「喔？勝俊有女友了？很快就會結婚了吧。」

「當然了。」

老爸不曉得是光想像實際上不存在的媳婦就很開心，還是本來就是個演技派，反正老爸露出前所未有的開朗神情。看到被我蒙在鼓裡的老爸真的有點難受，我正打算落荒而逃，老媽拍拍我的背，朝我眨眼。那是與我共享一個秘密的共犯眼神。倘若說得再具體一點，老媽的眼神暗示著「你很快就能帶女朋友見你老爸，再撐一下」的意思，哈啊……我不由自主地嘆氣。

由於大伯極力主張度假村內的餐廳又貴又難吃，所以我們每個家庭約好各自準備一道菜來。老媽考慮到人多，準備了大分量的韓式烤肉。她從幾天前就上市場採購食材，昨晚也忙到三更半夜。等親戚到得差不多之後，大伯母和堂嫂們紛紛拿出準備好的食材，有各式各樣的煎餅、排骨、海鮮和龍蝦，種類豐富。

幸虧我們家族租了七十坪大的房間，廚房也夠大，女人們各自散開做料理，男人們坐到客廳。去年剛出生的小姪女夏恩獨占客廳所有人的注意力，我很羨慕擁有這麼一個心肝寶貝的堂哥，剛滿週歲的夏恩超可愛，我也想快點生一個女兒，如果我們的女兒長得像她，一定會超漂亮、超可愛……

「你要不要抱一下？」

堂哥看出我羨慕的眼神問，我猶豫，講真的，我沒有抱小孩的自信。堂哥不等我回答，把夏恩放到我懷中。她太嬌小、太脆弱，我生怕一不小心傷到她。我用生疏的姿勢拍打夏恩的背，她的身體忽然往下滑，然後她大哭。

我一下子慌了手腳，堂哥老練地抱回夏恩，哄著她，我才鬆了一口氣。

「好像得換尿布了。」

「喔，哥你會換尿布？」

「拜託，一定要會好不好，最近爸爸們也要一起育兒。」

堂哥自信滿滿地抱夏恩回房，卻朝著在廚房的堂嫂問：

「老婆，夏恩的尿布收在哪裡？」

「啊，在我包包的紫色內層。」

「OK，對了，濕紙巾呢？」

「放在一起，我去拿，你等我一下，這個弄好就好了。」

「沒關係，妳忙妳的。」

「我說我去，你等一等！」

微妙的是，堂嫂的聲音漸漸拉高。

「我會換好不好？」

「拜託，上次你包尿布沒包緊，結果全部漏出來，害我只能把衣服全部扔掉！」

堂嫂心煩地大喊，寬敞的屋內立即一片死寂。堂嫂的公公——也就是我身旁的三叔眉頭立刻蹙起，三叔靠近老爸耳邊悄悄地說：

「大哥，我們那時候想都沒想過會有這種事，對吧？老公肯幫忙就得謝天謝地才對。」

「最近男人地位才沒那麼低，是她本來就是恰查某。」

哪怕發生天崩地裂的大事，老爸都能當成別人家的事，說長道短。

堂嫂起碼把堂哥照顧得很好，還生養了孩子，把她說成是個恰查某……我默默地嚥了口口水。

叮咚。

門鈴恰好在這時響起。因為坐在那裡太尷尬了，我索性爬起來開門。我看見一名意外的隱藏人物——我的小叔一臉尷尬地站在門外。小叔很少出席家族聚會，距離上次見到他已經三年了。我向小叔打招呼：

「小……小叔你來了。」

「是啊，勝俊，好久不見。」

小叔走進客廳的下一刻，客廳氣氛急遽變冷，尤其是爺爺的表情瞬間陰沉。

「爸，祝你八十歲大壽快樂。」

「嗯。」

父子之間的尷尬對話一回合結束，幸好在廚房準備料理的伯母、嬸嬸和老媽高興地招呼小叔。

「唉呦喂呀，好久沒看到你。」

「小叔子你一點都沒老。」

小叔用沉默取代了尷尬的回答。他靜靜地坐進客廳，不一會就假裝接電話暫離，爺爺和大伯看準這個機會，大嚼舌根：

「這麼會念書有什麼用，得娶老婆才行。」

「爸，允浩好像放棄結婚了。」

在這個節骨眼上，老爸怒氣勃發地插話：

「你這傢伙，少扯什麼放不放棄。站在爸的立場當然會擔心他，他馬上就要五十了，上了年紀的單身漢下場有多淒涼。」

三個長輩輪番接力數落小叔。

小叔任教於首爾市的一所大學，是個大學教授。從他的社群網站看來，他享受著到處旅遊、品味紅酒的生活。即便如此，他在自家父親和哥哥們面前依然像個罪人。

在我發呆胡思亂想之際，安慰著爺爺的老爸的眼神冷不防掃向我。

「看到你小叔那副落魄樣了吧。你給我打起精神。」

老爸的眼神隱藏的訊息大致如此。

其實三年前最後一次見小叔，當時我處於事不關己的狀態，把小叔的事當成別人家的事。不過這次有點感同身受。說真的，我覺得長輩們這樣說小叔稍嫌過分，不結婚又不是滔天大錯，再說，爺爺膝下早就有了曾孫。

當我意識到自己居然在想這些，瞬間煩躁。什麼跟什麼啦，我為什麼要感同身受，我又不會變成大齡剩男，我和小叔絕對不一樣。沒錯沒錯。這樣做是有點對不起小叔，但我必須劃清界線。

在這段時間內，夏恩換尿布的事引起堂哥和堂嫂的夫妻吵架。房內隱約傳出他們的吵架聲，而在廚房做菜的三叔母和其他堂嫂們的表情變得微妙。

客廳、房間和廚房都沒有我的容身之處。在老爸和叔伯們討論有沒有對象能介紹給小叔的時候，我趁空溜出去。

我欣賞了一下度假村的人工花園後打給她。

「喂？」

聽見她的聲音，原先昏沉沉的我的腦袋變得清醒。

我問她在做什麼，她優閒地告訴我，她一個人在我們去過的咖啡廳看書。咖啡杯、沙發、昏黃燈光、穿著整齊的情侶們，我在腦海裡描繪著那幅情景，忽然極度想念首爾的文明世界。

我很想告訴她這裡發生的每一件事，卻預感有些事會招她反感，所以只簡單提及小叔的事。

她原本「嗯嗯」地回應我，忽然間沉默了。

「你小叔會不會是同性戀？」

「什麼？」

「不無可能呀。他算是在上個年代的社會環境下長大的不婚者，所以我才聯想到這個。」

「妳是說他是同性戀？」

「對，搞不好真的是，或者是無性戀者。」

「妳說我小叔嗎？喂，妳怎麼可以說這種話？絕對不可能啦。」

我不由自主地提高音量。

「幹嘛這麼反感？」

「不知道啦。反感還需要特別理由嗎？」

「你現在是承認你反感囉？」

她用犀利的語氣反問。對。我真心反感。不過我也曉得作為一個現代文明人卻發表討厭同性戀的言論有點遜。

「不是，與其說反感……反正我小叔不是那樣的。」

她竟然說我小叔是同性戀，光想就很不爽。太不像話了。這個話題我拒絕深聊，趕緊轉移話題。

「妳等等晚餐吃什麼？」

「不知道，我想吃個拉麵再回家，你呢？」

「啊，我們每個家庭都帶了一道菜，菜色超豐盛，有韓式烤肉、龍蝦、排骨……」

「什麼啊，大老遠跑去那裡，還要自己從家裡帶菜？為什麼要這樣？」

她的口氣變得犀利。啊，我說了沒用的話。然而話已出口，覆水難收，我心虛答：

「因為……長輩說吃外面的又貴又不好吃……」

「你們家把媽媽們當成免費勞工了嗎？你們家真的是……」

「我們家怎樣！怎樣了嗎？」

我無從辯駁，徒以高分貝壓制她，她不吃我這一套繼續說：

「我呢，以後會繼續買外面的東西吃，還有我會兩週一次委託專業的居家清潔公司打掃家裡。只有我特別想吃的料理，我才會自己動手。我的意思是，家事委外化是必須的。」

不是吧，吃外食對身體不好，這不是基本常識嗎？換句話說，她不打算做菜囉？專業的居家清潔是什麼？委外化又是什麼？

各式各樣的想法湧上我的心頭，不過在這種情況下，我認為電話不是個良好的溝通手段，且小不忍則亂大謀，我選擇回以「嗯嗯，這樣啊」機械式的答案。

我們的對話氣氛冷掉，對話也跟著結束。掛掉電話後我一屁股坐下，心情反而比沒講電話前更鬱悶。這時，我看到小叔在遠處邊抽菸邊講電話，他該不會在和男友通話吧？在對男友訴苦嗎？我永遠不會知道答案，不，是不想知道答案。啊啊啊，都怪她說了奇怪的話。我帶著錯綜複雜的心情回到了全是親戚的屋裡。

爺爺坐在和他一點血緣關係都沒有的女人們準備的飯桌前，抱著曾孫一起吹熄插在年糕蛋糕上的蠟燭。大伯、老爸和叔叔們鼓掌拍手，幾個兄弟的眼神除了滿是「我們是如此地孝順父親」的驕傲，還帶著欣羨與憧憬。

盛大的八十大壽是每個男人晚年能享受的最大喜悅，老爸他們用全身表現出爺爺是兒子們的成功父親典範，期望自己有朝一日也能成為這個場景的主角——如同爺爺一樣。

我在一旁陪笑，想像著等我到了爺爺這個歲數，有可能會是其他的模樣嗎？打從我出生，我就注定是父權主義家族的兒孫。我一路以來忠實於我被賦予的角色，不曾有過偏差。也許在我出生之前，這個位置已經為我準備好了。

我能擺脫父權主義的框架嗎？不，應該是，我想擺脫這個框架嗎？我真正渴望的位置究竟在她的身旁，或是在這個度假村裡充斥赤裸又愚魯氣息的食古不化的世界中？

這種念頭稍縱即逝，過程中，我的思緒陷入一片混亂，但結果仍是不了了之，在我身上彷彿什麼事都沒發生。我的世界一如既往。

9 意外事件

星期四下午五點，上班族最疲憊的時刻。我大致忙完了今天的工作，觀察周遭同事的動靜，盤算下班的好時機時，收到了她的訊息。

我今天可以去你們公司那邊嗎？

咦？好哇，過來吧，我們一起吃晚餐。

不知道為什麼她無緣無故要來，但我也因此更加期待下班。一到六點，我跟著下班的前輩們一起偷溜跑去地鐵站前等她。

「看到我很高興吧？」

「當然高興。」

她甚至說出了不像她會說的可愛臺詞，心情大好的我伸手摟住她的肩膀，正想問「要吃什麼」，她搶先開口：

「我好像糟糕了。」

「怎麼了？」

「我好像真的得辭職了。」

我不覺摟緊她的肩膀。

「這麼突然？」

「一邊喝酒一邊說。」

這次我們也去烤肉店喝燒酒。這附近一樣有很多氣氛絕佳的約會好地點，但有什麼用。

我們邊烤肉邊喝酒。我好奇也擔心，等她開口告訴我怎麼一回事。

「之前我不是在咖啡廳準備企畫案嗎？後來那份企畫我改了好幾次，結果還是沒過關。」

「企畫內容是什麼？」

「關於終止懷孕權的內容。」

「啊……」

那時我在咖啡廳想都沒想到要問她企畫內容。

「所以呢？妳有問不通過的原因嗎？」

「其實這種事不是第一次了，假如只是企畫不通過也就算了，但是……」

「但是？」

「那個混帳作家忽然跑來公司。」

「哪個作家？」

「還能是哪個作家？就是那個暢銷作家……」

啊，那個傢伙！騷擾折磨我漂亮女朋友的傢伙。那混帳東西又搞事？

我的火氣一下子就上來了。

按照她告訴我的內容，我重新拼湊了事件的來龍去脈。

那位作家在下午三點左右到了他們出版社，當時她好巧不巧地要去會長室，在走廊的飲水機前喝水，所以走出電梯的作家第一個看到的人就是她。當時她的第一個想法就是不想見到那個作家，不過人在公司，身不由己，一定得熱情迎接人家才行。

「作家，你怎麼突然來了？」

「喔，妳過得好嗎？我想妳才來的，也有話想說……」

一回想起他虛偽的親切笑容，她就一陣反胃，勉強回以假笑，替他介紹公司內部環境，再請他到無人會議室稍坐，去通知組長。

「組長，朴作家來了。」

「啊，是嗎？」

「是的，我請他先在會議室稍候。」

轉達完後她回到自己的座位上，繼續做剛才沒做完的工作，組長從她身後呼喚她。

「作家要妳一起進來！」

她抱著僥倖心態回頭，立刻和組長對上眼，確定了組長口中的「妳」說的就是自己，她迫於無奈地帶著筆記本和筆一起進入會議室。

「您突然過來，真讓人高興。」

「我到附近辦事情順道過來。組長很高興我突然造訪嗎？那我以後要更常來才行。」

作家和組長相視而笑，在場笑不出來的只有她，硬是配合現場氣氛勉強假笑。

「這是我在構思的內容。」

作家從包包裡拿出一份薄薄的稿件遞給了組長，組長認真閱讀稿件。身形嬌小的她雖與組長並肩而坐還是看不見稿件內容，她瞇起眼睛想看清楚上頭的文字。

「哇，內容太棒了吧？這份原稿直接用來出版也沒問題。這一部新作品您打算怎麼籌備？」

那份稿子的內容真的很棒嗎？還是組長只是因為作家的緣故才想出版，

故意遺忘過去出版社出過好幾本類似作品？不過現場氣氛由不得她說出真心話，只能閉緊雙唇。

「妳覺得我為什麼叫她一起來？」

作家說。

「我……不清楚。」

組長和她都琢磨不出作家的話背後隱藏的真實意義，但她有種不祥的預感。

「這次她當責編的書很不錯。」

「啊，您說那本書嗎？」

作家說的是上次她給我看過的那本《外貌協會》，聽說那本書在十多歲和二十多歲的女性讀者群之間變成了熱門書籍，創下亮眼的銷售成績。

「我需要一些新穎的觀點，所以這次的書我想交給她負責。」

「什麼？」

她不由自主地發出聲音，和神情微妙。默不作聲的組長形成對比。這是因為那位作家的書向來由組長親自負責，組長靠著那位作家的書在公司站穩了地位，換言之，那位作家是組長的自尊心與驕傲。

「您也知道我們老闆非常看重您的書。站在出版社立場，我們必須開會才能決定您的責編。」

「李老闆會信賴我的決定的。」

「啊，我的實力還不夠。」

一時慌亂的她重新打起精神插嘴道。

「沒這回事。妳跟著我做不會有問題。」

作家意味深長的眼神惹得她陣陣噁心。

「由於這次作品的調性，我需要更年輕的編輯幫忙抓住年輕讀者群。」

「也好，既然您這麼想。親愛的，妳會好好做的，對吧？」

看來大局已定，組長轉問她。

「啊，我沒有信心……」

她想打馬虎眼搪塞，但作家接下去說：

「我要說的說完了。這次由我和她處理作品出版的事，稍後再聯絡相關事宜就行了吧？」

「是的，稍後會聯絡您。」

「找時間碰面開會吧。」

作家向她發送微妙的眼神後離開了會議室，她看著作家背影，背脊一陣發涼，她必須對組長說些話才行，無論說什麼都好。

「組長……」

組長不高興地打斷她。

「多好啊。這次是妳的好機會。好好幹。」

說完，組長也離開了會議室。

她心煩意亂地跌坐回會議室椅子上，逼自己專注在一些她不擅長的事上，想藉此分散對這件事的注意力，直到一小時後，那位「朴作家」發訊說：

我們明晚見，如何？

喝酒談心吧。

當她看到訊息的那一刻，她再也忍耐不住，拿身體不舒服當早退藉口，離開了辦公室。

「那麼……負責那本書會怎樣？以後妳每天都會見到他嗎？」

我問。

「不至於每天，至少聯絡頻率一定會變高。最重要的是，不知道他打什麼算盤指定我當責編，我一想到這件事就不舒服。」

「那要怎麼辦？」

「我一定要想辦法推掉這份工作，一時間找不到理由。雪上加霜的是，其他編輯因為失去和這位作家合作的機會吵成一團。」

她憂心忡忡地說。我想幫她解決問題，但不管我怎麼思考解決之道，站在她的立場上來看這的確是一個棘手的問題。

「嗯……明天先去赴約怎麼樣？說不定妳會改變心意。見面的時候記得把對方的話錄音！如果他再糾纏妳，妳就公開錄音檔。」

「你要我先去見他？偷錄音有法律效力嗎？」

「不管有沒有法律效力，起碼有證據讓公司的人相信妳的話！真的是，不知道那個混帳在算計什麼！我真想和妳一起去。」

她因我的話連連搖頭說：

「我會自己看著辦。」

「應該會沒事吧？那個作家應該不敢又亂來吧？」

老實說我沒把握，但只能先配合目前情況說一些空話。

「妳原本也打算走一步算一步，見招拆招，不是嗎？」

「嗯，我是打算先這樣……」

我明知期待「應該」無異於一場賭博，但我又不能鼓吹她「馬上離職」。對她而言，離職不是個好辦法，到頭來我能安撫她的話也只有這些了，我也清楚我提出的方法很拖泥帶水，因此感到沉重。我們相對無言，陷入沉默，最後她像個酗酒的酒鬼，嘆氣乾了一杯燒酒後「碰」一聲放下酒杯。

「真是，討厭死了，乾脆不幹了。」

「不過妳不覺得很冤枉嗎？」

「冤枉是一回事。做錯事的是那個混帳，辭職的卻是我，我當然會覺得冤枉。啊，這個討人厭的世界……」

「這就是人生，我們又能怎麼辦。」

我安撫她，她醉眼惺忪地看著我說：

「這是我最討厭的話。卑鄙。」

「哪裡卑鄙了？」

大家都三十了，又不是熱血青年，接受、適應現實世界是基本的吧。她的表情瞬間變得悲壯。

「啊，真的不行。我，一定要說。明天我要說出去。這段時間我忍耐下來的那些事，我要統統說出去。」

「妳醉了。」

一瓶燒酒見底，她喝茫了身體晃動不定。

「啊，不管了啦。離職就離職，誰怕誰。我早就該把所有真相說出去。」

一些寫有她的名字的「知名暢銷作家爆發 MeToo 醜聞」電視或網路報導從我腦海一閃即逝。我會全然相信她的每一句話，是因為她是我的女友，然而其他人也會相信她嗎？

「是花蛇*吧。」

「單戀男人不成，自己在做戲吧？」

「一定要告她誣告。」

「嚴懲假 MeToo。」

在我的想像中，連我遭到廣大網民的「非議」，包括過去我和朋友的無心之談也變成了另一股席捲我的恐怖浪潮。說真的這種想像雖荒謬，但我討厭她被人群起指責，顯得身為她男友的我是個傻瓜。一想到「管好自己女朋

譯註：花蛇為貶義語，指的是利用美色勾引男性的女性。

友吧！」的批評留言，我旋即酒醒。

「這樣下去被罵的只有妳，損失的也只有妳！三思而後行……」

「吼，是要三思什麼啦！」

她先是伸出中指硬生生卡死了我的話，立即趴在桌上。

唉……我不禁長嘆。

她不是會乖乖聽話的女人，可是出版社會輕易地相信那個作家是個渣男嗎？從她的話聽來，似乎未必，萬一出版社不相信呢？我總有種不祥的預感，在各大媒體上看到她的臉好像只是遲早的事。

我清楚愈是這種時候，我愈應該成為她的支柱，她正賣力地走在一條沒有答案的路上。可是另一方面，我心知肚明錯不在她，卻覺得那樣的她有點麻煩。

「起來，回家再睡，聽到沒？」

「唔……」

我們交往的這段期間，一起喝了不少次酒，不過彼此都有節制，今天她居然喝到趴在桌上，看來完全醉了，我別無選擇地背她去搭計程車。

她明明喝得爛醉如泥，站都站不直，卻死不告訴我大門密碼，堅持自己瞎按。我眼看著她的手指一而再、再而三地在大門密碼板上滑掉。她花了十幾分鐘好不容易開了門。

不知道是不是扶她扶太久，我感到她的身體愈來愈沉，我吃力地把她放到床上，她伸個懶腰翻身睡死。我居高臨下看著她孩子般的睡臉。堅決、發火、皺眉、心寒，她平常看我的那些表情此時此刻全都消失無蹤。我真希望她和我相處時，能一直用這張人畜無害的臉孔。

我看著她好一陣子，意識到時間不早，而她家和我家有一段距離，我該怎麼辦？睡醒再回家？煩惱到最後，因為睡她家明天上班太麻煩了，於是我走出她的家。我離開時，她陷入沉沉的夢鄉，一點聲息都沒有，可能是因為她的身體本能感知到主人的疲憊。正因如此，我更不可能若無其事地睡在她身邊，老實說，我也不知道我為什麼會做出這種決定，頂多拿「明天要上班」當藉口。

躺在床上的我感到我的眼睛痠澀，身體也像鉛塊一樣疲憊不堪，奇怪的是，我到深夜依舊輾轉難眠。

隔天，我好不容易拖著沉重的身體起床上班。上班路上，我擔心她起床了沒，於是打給她。這時候我才切實感受到平日散漫的她不過也是一個克守本分的平凡上班族。

我第一次喝到起床還在宿醉。

她的訊息語氣跟平常差不多。假如我提起昨天的話題，會不會帶給她壓力，也許她昨天嚷著要揭穿作家真面目只是喝醉酒不能算數的話，我要不要當沒這回事？「妳今天真的要說嗎？」我的大拇指放在訊息傳送鍵，猶豫不決之下，我還是刪掉了訊息，改發一封「喝點飲料解酒吧」的訊息。

我一方面擔心她今天告訴組長作家性騷擾的事，一方面又擔心她什麼都沒說，晚上一個人傻傻跑去赴約，但我卻不知道自己能做些什麼，我們的對話結束在她「嗯，晚點就沒事了」的訊息。

手機的動靜吸引了我工作的全副心神，擔心、不安、對她的同情、對日後不知道還會發生什麼事的憂慮等各種情緒錯綜交錯，以至於我的腦袋混亂不堪，然而一個上午過去，她都沒聯絡我。

今天一整天工作都很不順利，全怪我，同組的鄭前輩在組員們一起用午餐的時候，當眾斥責我。

「你今天怎麼回事？整天盯著手機，有什麼事嗎？」

「啊，沒事。」

「聽說你最近有交往的對象？」

「是的……」

「和你同期進公司的同事，只剩你沒結婚吧？」
「除了我和俊昱，大家都結了。」
「你一定很在意吧。對女朋友好一點，明年一定要擺脫單身，知道嗎？」
「哈哈，好的……」
唉，鄭前輩那副討人厭的嘴臉。他憑什麼跩啊，他去年想盡辦法才成功相親結婚。再說，他和我差不到三歲，每天自以為是了不起的大前輩教訓我。
這時放在桌角的手機螢幕亮起，我嚇了一跳，趕緊拿起手機確認。不是她。失望之餘，我滑開了我們的最後一次對話訊息，我叫她喝飲料解宿醉是不是不太好？我起碼得送她一張電子禮品券，讓她去換飲料？我胡思亂想，心裡總感覺不踏實，坐在我對面的鄭前輩又開始倚老賣老說：
「勝俊的表情好嚴肅啊，真的出了嚴重的事情嗎？你是不是被女朋友甩了？」
唉，拜託你搞清楚狀況，不該插嘴的時候就閉嘴，就是因為你這副德性，後輩們才討厭你。

「不是那樣的。」

我的聲音變得比平常更尖銳，因為事情扯到她身上，我變得敏感，鄭前輩一下子變了臉。

「知道了，小子。不過你幹嘛壓低聲音？」

我和鄭前輩之間氣氛明顯緊繃，同桌用餐的後輩和同事們吃驚地看向我們這邊。呿，回句話會死嗎，還是我乾脆翻桌算了？

「沒有啦，前輩，我哪有壓低聲音，沒有沒有。」

到頭來我還是只能壓低姿態，向鄭前輩撒嬌，這不就是所謂的職場生活嗎？卑劣卻也莫可奈何。

10 她的選擇

下班前她依然無聲無息，下午我藉口去洗手間打了好幾通電話給她。無人接聽。我放心不下她，一時衝動，下班直奔她的出版社。我在地圖網站上輸入出版社的名字，畫面隨即跳出出版社地址，位於合井附近，離地鐵站步行五分鐘距離。

在我抵達出版社大樓之前，我又一次打給她，仍舊無人接聽。我考慮直搗黃龍進去找人，但考慮到這不是她的作風，再說這樣做對於她的狀況無濟於事，所以我決定在大樓前等她出來。

要命的是，出版社所在的大樓一樓是一家人氣馬卡龍店，店門口顧客大排長龍，大多是女性。由於我必須確認她的行蹤，不能跑太遠，我別無選擇地徘徊大樓門口。我感覺得到那些女顧客注視的眼光，太尷尬了，我盡可能保持一定的距離。

時間一分一秒地過去，一張寫著「今日完售」的白紙不知何時貼在馬卡龍店店門上。下班尖峰時段眨眼間過去，天色也暗了，她依舊沒出現，我正打算轉移陣地，到附近的咖啡廳等她時，一名像是高中女學生的女孩向我走來，並且抓住我問：

「叔叔，這家馬卡龍店關門了嗎？」

呃，叔叔？我指了指店門口那張白紙。

「今日完售。」

儘管很介意那聲叔叔，我還是很親切地回答她。就在我要離開之際，那個女孩又一次抓住我問：

「可惡，每天都完售，你知道他們今天大概幾點關門的嗎？」

煩不煩啊這個都要問，我心裡想著卻不受控地回想馬卡龍店的關門時間，就在這時，出版社大樓下班人潮湧現，其中，有個約莫四十多歲戴眼鏡的大叔。唉呦，那位大叔好眼熟？

對了，是那個混帳！是那個折磨她的混帳暢銷作家！我看得清清楚楚就是他。我氣得雙眼噴火，把沒買到馬卡龍而焦慮的女高中生拋在身後，十萬火急地跟蹤著那個作家。

那個作家走沒幾步就停下來，不是吧，我野心勃勃正打算上演一場好戲。我內心突然一陣虛無，不得已地一起停步，隨即打量周遭環境。果然不出我所料，這裡是可吸菸區域。他從夾克口袋拿出一個銀色香菸盒，從中抽出一根香菸叼在嘴中，接著用高級的芝寶打火機點燃香菸。又不是什麼了不起的事情，我卻莫名感嘆他那一氣呵成的動作。我假裝自己也是來抽菸的，刻意跟他保持距離，眼角餘光觀察他的動靜。

他抽了一口菸後立刻講起電話，第一句話是這樣的。

「嗯，崔律師，是我。有個瘋女人……」

不誇張，我聽到那句話的瞬間，背脊一陣發涼，瘋女人？難道是說我的女朋友？我屏氣凝神地偷聽他的對話。

「是個出版社編輯。她說我性騷擾她，拜託，我們不過是一起喝過酒，我是有對她釋放了一些好感，我又沒幹嘛。你問我有沒有摸她？唉呦，不記得了啦，喝了酒誰會記得那麼清楚。反正我沒做任何逾矩的事。」

哇靠，真的是。在講我的女朋友。

我現在不只是背脊發涼，血液好像也跟著涼了，這個渣男真的是……我氣得發抖，握緊這輩子從無用武之地的拳頭。

「崔律師，你知道的，我可是朴民宰，我怎麼可能做性騷擾那種下流的事？我哪裡需要做那種事。我是怕她瞎說，招惹不必要的麻煩……什麼？可以那樣嗎？不，先警告她不要惹是生非，出版社當然是支持我的，他們靠我的書賺了不少錢。」

我的預感命中了，比起她，出版社更支持他，雖說人情世事無可厚非，但改變不了他的行徑卑鄙無恥的事實。

「我知道了，萬一出了事，你幫我一把。找時間我們再喝一杯。」

他掛掉了電話後繼續抽菸，或許是因為焦慮之故，他的菸抽得很快，沒兩下就把抽完的菸頭扔在地上。而他一把年紀卻沒有啤酒肚，身材看起來很是結實，我猜是因為必須四處演講和上電視，有好好在管理身材吧。

「不好意思。」

「什麼？」

我走向他，而他轉身看向我，不久前還壓低聲音講電話算計人的那張臉，不知何時換上了淡淡的笑容。你這個油頭粉面的傢伙。

「那個……」

我一想到他對她不懷好意，虎視眈眈，我根本懶得跟他說話，想先爆打他一頓，但不知怎麼地，當我和他四目相對，我全身緊繃、僵硬。我的確說了我想打他，但我又不是把打人當家常便飯的那種人，再說了，人怎麼可以打人呢……我握緊了背包，想藉此獲得勇氣，在我開口前，他先發制人說：

「啊，我是朴民宰沒錯，如果是平時，我一定會替您簽名，不過我今天有點忙。先生，抱歉了。」

我還來不及反應，他立即坐上了停在大樓旁的瑪莎拉蒂！哇，他那副鬼德性給我開瑪莎拉蒂？

「我不想要簽名！喂！」

我後知後覺地叫他，車內的他朝我虛偽點頭，隨即開車呼嘯而去。我真的是，簽名？我才沒看過你任何一本書好嗎？

我居然就這樣被他拋下，太侮辱人了，那個折磨她的傢伙在我眼前明目張膽地辱罵她，我只是傻在一旁。我力持鎮定，努力無視自己的羞恥感，這次的見面會成為我帶進棺材的秘密。在我拿出電話打給她時看見了走出大樓的她，和她四目相覷。

「你怎麼在這裡？」

「當然是擔心妳才來的！」

我揮了揮手機，她才恍然大悟從口袋中掏出手機。

「啊，今天一直沒空確認手機……你什麼時候來的？等很久了嗎？」

我稍作冷靜後回答她：

「沒有，我剛到，正要去那邊的咖啡廳等妳。」

「啊……」

「妳還好嗎？事情怎麼樣了？妳沒接我電話……」

她因為我的追問露出了複雜的表情，嘴唇微動，此時咔咔咔高跟鞋聲響在她身後傳來。那是一位身材苗條，穿著套裝和高跟鞋，個子嬌小的女性。她回頭和那位女性對眼問好，那位女性接受她的問候後直勾勾地盯著我，上下打量，什麼話都沒說，離去。我的直覺告訴我那位女性就是她的組長。

「她就是組長嗎？」

她有氣無力地點頭。我強忍冒到嘴邊的髒話。絕不可輕率發言。

「妳們兩個的氣氛好凝重？」

我盡可能表現得泰然自若，她嘆氣拉走我。

因為她沒胃口，所以我們進了一家咖啡廳。飢腸轆轆的我點了一份三明治，其實我看著那些為馬卡龍瘋狂的排隊人潮，我也一度心生衝動想買來吃。忍住了。

「我早上上班就和組長說我沒辦法負責這次的工作，組長非常驚訝。」

我邊聽她說事情的來龍去脈，邊在腦海中描繪剛才那位組長和她相對而坐的情景。

「組長，我好像沒辦法負責朴作家這次的作品。」

「為什麼突然沒辦法負責？」

她的心臟撲通亂跳，但不改堅定地說下去。

「其實和他獨處，我很不自在。」

「那是什麼意思？」

「我被他性騷擾過。」

「什麼？」

「當初就應該告訴您，不過……」

「妳在胡說八道什麼？」

那一刻，組長的反應和她預期的有些出入。

「為什麼要生氣？」

「妳，聽到傳聞了吧。所以才這樣子的嗎？」

「什麼？」

「從我的嘴巴說出來有點不太好。公司裡大家都在說妳勾引朴作家，妳不知道嗎？」

她想都沒想過會發生這種事情，精神變得恍惚。

「我第一次聽到。」

組長察覺到她的情緒波動，於是假裝冷靜客觀地發言：

「實際情況是有點微妙。賣力工作的前輩們被年輕的後輩搶先拿下大案子……在這個圈子內沒有不出現謠言的道理。」

一時間難以呼吸的她緩緩地調整呼吸後才再開口解釋：

「組長，那些都是無憑無據的誣陷。我剛進出版社的時候，每次都派去支援作家的活動，活動後他約我喝酒，灌我酒，說一些奇怪的話，對我動手動腳，我獨力撐過這一切，幸好宣虎進公司後，我不用再和作家單獨相處。他忽然指名我負責他下一部作品，老實說，這份工作我一點都不想接。我實在太害怕了，所以才來告訴組長這些事。」

「……」

沉默不語的組長讓人猜不透心思。她觀察組長神色後膽怯地問：

「組長？」

「妳不想喝就不要去，負責作家這麼累的話應該早點告訴我才對。」

組長的話讓她一陣厭煩，想辭職的念頭更加強烈了。她忍住嘆氣的欲望，打起精神回答：

「作家一天到晚拿有新的點子當藉口，我能怎麼辦？我很清楚那位作家對我們出版社的重要性，所以才開不了口，我也覺得很累。」

組長擺出一副愛聽不聽的樣子，歪頭道：

「朴作家性騷擾妳？他不是那種人……」

她晚一步意識到在這場對話中的組長始終都是雙手環胸，也就是說，組長一直和她保持距離，散發出拒絕幫助的訊息。

「妳敢當著作家的面說這些話嗎？」

組長惡狠狠地盯著她。她毫不猶豫地答：

「敢。」

「那就三方對談吧，這不是聽妳單方面說詞就能下判斷的問題。」

「好，就這樣辦吧。反正作家約我今晚見面，請他過來公司就行了。」

這次輪到組長慌張，但話已出口，覆水難收，且她一副絕不讓步的模樣。

幾小時後，她、作家和組長坐在同一張桌前，舉行了三方對談。

我真心佩服她。我回想起自己明知對方是個齷齪無恥之徒，和他正面交鋒仍不免緊張，她卻不因對方擁有的名聲、金錢、權力和豪華名車而退縮，無懼地對視那張油頭粉面的臉，一五一十地說出真相——你性騷擾了我，你必須向我道歉。

然而，後續發展如預期般令人遺憾。

想當然耳，那位朴作家氣得跳腳，辯稱那些曖昧的肢體接觸和淫言穢語源自於自己喜歡和每個編輯交朋友，在氣氛不錯的場合下做出的友好行為，甚至反問她是不是有被害妄想症。最後朴作家自以為帥氣地做出結論：把他人好意視為惡意，我不和狼心狗肺、忘恩負義的人合作。

「組長要我對那混帳致上真心歉意。拜託，要道歉的人是他。」

「靠……」

「我太生氣了，真想把事情寫在推特上大爆料……」

這句話使我想起早前那混帳作家講電話的模樣。對方已有防備，搶先聯絡律師，大聊誣告話題。她鬥得過他嗎？氣歸氣，現實是冷酷無情的。

「我太委屈了，做壞事的明明是那傢伙。」

「是這樣沒錯……」

「不過如果我和他真的開戰，肯定會是一場漫長又辛苦的戰爭。組長不相信我，出版社的人也認為我賣弄姿色上位。大眾會相信我嗎？會不會最後遍體鱗傷的只有我？」

我不確定在這種情形下給予女友否定的答案和無條件支持的，才算得上是一個好男友，不過我說不出那種話，只好巧妙地轉移了箭頭目標。

「你們組長太過分了，同樣身為女性，妳不覺得她太過分了嗎？不但不維護自己的下屬還……」

我愈想愈覺得那個組長可惡，差點飆髒話，她卻說：

「我的確也因為組長的態度感到難過，但追根究柢，最壞的還是那個混帳作家。」

「是妳的工作能力太出色，所以大家才都嫉妒妳。」

「想到那個爛人吃好睡好，過著天下太平的日子，我就火大。要是他的魔爪伸到其他女性身上怎麼辦？這件事不是我辭職就能落幕的。」

「算了啦，妳沒必要想這麼遠，連那些都扛到自己肩膀上。我不希望妳受傷，畢竟對方是個名作家……」

「我真的不知道怎麼做才好。」

我何嘗不是呢，怎麼做才是正確的？真夠鬱悶的。

「組長已經表態站在那傢伙那邊，接下來她會不會要妳辭職？」

「她當然不會直說，無所謂，我本來就做不下去，組長和同事都不相信我，加上那傢伙時不時會進出出版社，我怎麼可能繼續待下去。」

「說穿了就是不當解雇吧？可以向勞動廳舉報這些混帳。」

「對耶，要不要真的這麼幹？」

她眼神忽然亮了起來，認真考慮起我的提議，我想起她的行動力遠超於我，我必須字斟句酌、謹慎發言才行，我連忙放低聲音說：

「就算去舉報也是一場苦戰，因為妳得一一舉證才行，特別是牽涉到名人的舉報，事情一定會鬧大。」

「嗯……是嗎？」

「十之八九會吧。」

我假裝喃喃自語，思索著舉報的可能性，從中觀察她。

「就算如此，我還是不能讓步。」

「什麼？」

「我一定要拿到失業津貼，不拿到不罷休。」

失業津貼？她會提到失業津貼代表事情沒有我想的嚴重？其實我很擔心她跑去警局告發。為了她好，即便她再怎麼委屈，即便那個作家的確是個混帳，我卻一直盤算著如何阻止事態擴大到不可收拾。

「大部分的出版業人士都是自由工作者嗎？」
「有些是，我也想過離職，自己獨立創業……」
「是吧，那既然事情走到這個地步，妳就不要戀戰，讓自己更累。」
她因我的話神色變得黯淡。
「現在只要考慮妳自己就好了，妳是第一優先。」
「我要讓那個混帳受到懲罰。我是遭遇這些事件的受害者卻不鼓起勇氣、寧願沉默的話，我會對自己很失望……」
「不是那樣的，不是妳想的那樣。自保是人之常情。」
我竭盡全力，一臉真誠地說，但她低頭避開我的目光。
「我真的，不知道怎麼辦……」
「妳先離職，等到心情冷靜下來，再去做妳想做的事。錢我會負責，好嗎？」
「你在說什麼？我自己有賺錢。」
「我知道妳有賺錢。我的意思是妳可以依賴我，有男朋友的好處是什麼？」

這句臺詞真是帥翻了。我享受著這句話的餘韻，她雙眼圓睜反問：

「是什麼？」

「吼，妳真的是。有必要明知故問嗎？」

她的嘴角因我們像傻瓜一樣的鬥嘴，浮上一絲微笑。

「總之我知道了，謝謝你，多虧有你，我有了力氣。」

我竟有幸等到她說這種話的這天，這一刻我強忍住感動的淚水，幾經周折得以復合的她和我一天到晚吵架、對我發脾氣、責備我，而我成為她的依靠的一天終於來臨！自從和古怪的女友交往，過去這種理所當然的話如今也能讓我感動涕零。

「像今天這樣的日子搭計程車回家吧。男友我出錢。上車。」

她看著裝腔作勢的我咯咯笑，溫順地上了計程車，接著我也上了車坐在她身旁。一路上，我緊握住她的手，她有氣無力地低語。

「我最討厭的事情是什麼呢？我真的很怪嗎？每個人都說那位作家不是會做那種事的人，那真的是我不正常嗎？才不是這樣的吧。我真的超級不爽、超痛恨職場性騷擾。」

「不，妳不怪，妳很正常。」

我心疼地握緊她的手，她埋首到我的肩膀上，她該不會哭了吧？我的肩膀好像濕濕的。看到她不同往常的柔弱面貌，我受到很大的衝擊也很難過。另一方面，我的心情卻莫名地好——過往滴水不漏、無懈可擊的她正依靠著我。

我不曾想過逆轉局勢的機會是以這種方式到來，就某種意義來說，這是上天賜給我的大好機會。當然，能不發生這種事會更好，不過事已至此，陪在她身邊的是我。攜手克服逆境的愛情。我給予她力量，讓她清楚認知到「有男友的好處」，醒悟穩定伴侶的價值。

計程車停在她家門口，下車的她往反方向走去。

「妳要去哪裡？」

「我要買酒回家，不喝酒睡不著。」
「妳昨晚喝很多了！」
「你願意陪我喝就一起喝，不然就回你家去。」
恢復本色的她無視我的話，逕自朝超商走去。在超商裡，她提起籃子大動作搜刮各種大容量的酒。
「喂，妳把這些喝光會死！」
吃驚的我連忙阻止她，但她不服輸地回頂我：
「這些算什麼，再說我又沒打算今天全喝光！」
在我們爭論的當下，她提著籃子到櫃檯結帳。真的是，她以為那些是水果酒嗎？我從她身後無言地注視一切，她若無其事地提起沉甸甸的塑膠袋走回家。但她有氣無力地提著沉重的酒的樣子看起來非常危險，最終我伸出了手。
「明明就很重，我來拿，給我。」
「不用了，我力氣很大好不好！」
她倔強不肯放手。

「好，妳要提就提！」

我樂得輕鬆好嗎！她當成沒聽出我的諷刺，一路吃力地提著酒回家。

我在她的寢室裡打開了折疊桌，接著一屁股坐到地上。她從廚房拿來兩個空酒杯。燒酒和下酒零食就是全部。

「沒有別的吃的嗎？要有一些下酒菜配酒才不傷胃……」

「沒有。想吃你自己做。我現在非常生氣要馬上開喝，才沒那個閒工夫做下酒菜。」

「我是怕妳傷胃才這樣說，我怎麼可能會做下酒菜。我們要不要叫外賣？」

她嘻嘻笑了。

「你還有哪些不會做的？你是不是很怕進廚房。『男人下廚，小弟弟會掉下來』那種話不過是愚昧的迷信。」

「喂，我有說我不下廚是因為怕那個嗎？」

我回嘴防禦她興奮的攻勢，她睜大圓眼說：

「那你在美國吃什麼？你沒有在家自己做飯吃嗎？」

「沒有，我在那裡……要不吃公司餐廳，要不吃外面，適應環境就夠累的了，哪有心情下廚？美國食材和韓國不一樣，那裡連白米都長得不一樣好嗎？」

「啊，原來是因為食材不一樣……」

她充滿懷疑、沒誠意地點頭，我被她氣到一口乾了燒酒，她也跟著乾杯。

「妳喝慢一點。」

我一說完她又馬上乾了一杯。呿。是暗示我閉嘴嗎？唉，我不管了。我跟著她一杯接一杯地喝。

大概過了幾小時吧？睡著的我猛然清醒。我轉頭一看她居然靠著牆上睡死，桌上和地上全都是我們喝光的燒酒瓶。我按了按疼痛的太陽穴，忽然啪一聲，她倒地發出呻吟。

「呃呃呃呃呃……」

我強忍不適，費了九牛二虎之力把她搬上床，此時此刻她的床顯得過高，沒事幹嘛買這麼高的床，電影裡的殺人魔都是躲在這種床的下面。兵荒馬亂之際，我瞥見了她的「秘密籃子」和粉紅色自慰用品。

把她搬到床上花了我不少力氣，酒氣上湧，以至於暈眩的我跟著躺平在她身邊。我扭頭凝視醉得不省人事的她。該死，明天還得上班，現在幾點了？與此同時，她的眼睛微微張開一條縫隙。該說她無表情的臉孔隱約淒婉嗎？總之，有點性感。她向我伸手，我挪動上半身抱住她。一個充滿燒酒氣味的吻。不知道是不是因為她太醉，她的吻比往常更著急更深入。急促的呼吸、交纏的舌頭、混在一起的口水，我的手自然而然地伸向她的胸口。她扭動身軀脫下T恤的動作打開了我的興奮開關，我摸索著，想脫去身上令人發悶的襯衫，她伸手解開了我的襯衫鈕釦，而我的手點燃了她的慾火。

在黑暗中，我撫摸著她白皙晶瑩的柔嫩肌膚，激烈的熱吻前戲後，我的手慢慢地往下摸索想脫去她的褲子和內褲。

這時我才發現她在哭泣。

起先我不知道那是哭泣，誤以為是她激情高漲的呻吟，我吃驚地停下動作看向她。

「妳還好嗎？為什麼哭了？」

她一言不發地伸手擦淚，而啜泣聲持續著。

與其說是啜泣聲，她的聲音更接近忍耐某些事情的聲音，我坐在她腳邊，原本火熱的肉體慢慢冷卻。

不久前我們才熱情擁吻對方，而我卻猜不透她此刻的眼淚和心情，這樣的她使我感到陌生，彷彿她突然遠離了我。我的視線飄向了她床底隱隱發光的數位時鐘，不知不覺，已經凌晨三點半，明天直接從這裡去上班沒關係嗎？現實感悄悄回到我腦海。

我待在她身旁一陣子才躺到她身邊。我溫柔地伸出左手，並且感覺到她用力握住我的手。

「妳還好嗎？」

我問。她用手臂遮住了她哭泣的臉，緩緩搖頭。

「好。妳想哭就盡情哭，沒關係。」

她沒反應。

「我……要不要回家？妳想一個人獨處嗎？」

她再次緩緩搖頭，樣子有點滑稽，不過我放了心。

「那我睡醒再走？」

我溫柔地問。

她，用不像她的微弱聲音回答：

「不知道，我不知道。」

她的呼吸慢慢地變得和緩，帶著未乾的淚痕睡去，我躺在她身邊，醉意似乎再次湧上，我聽著她低沉的呼吸聲跟著睡了。

隔天，我請了上午半天假，而她請了年假。下午時，我硬是拖著沉重的身軀到公司補滿工作時數才回家，在客廳看電視的老媽以陰險又喜悅的表情衝著我笑。

躺在床上的我咀嚼老媽表情的個中真義，遲來地醒悟自己昨夜外宿的事實，而且老媽知道我有女朋友。這麼看來，我喜歡幻想美好未來的個性似乎是家族遺傳。

幾天後她離職了，也順利拿到了離職金，不過沒拿到她期待的失業津貼。聽她說要是想領失業津貼，她必須同意日後不能洩漏她和那位作家之間發生的事，這豈不是耍流氓，天底下怎麼會有那種人渣？

而她果然很做自己，換成是我，肯定會隨口敷衍答應，先拿到失業津貼再說，但她一口回絕，索性不領津貼。老實說她堅持原則的性格有點帥，我卻為此更加鬱悶。固守正義原則帶來的結果是什麼？她拿不到幾毛錢，也化解不了她內心的委屈。人善被人欺說的就是這種情況。世態可悲，她毫無心理準備地暴露在不合理的職權欺壓，對我，她就像是顆定時炸彈，我擔心她情緒火山大爆發，做出突發行為，於是時不時地洗腦她：「妳避開這一切是因為這些都太過骯髒，而不是因為害怕。」

生活在這個世界上，以她的個性日後必然有很多要忍耐的事，幸好我的擔憂是多餘的，這時的她疲憊得沒力氣做出其他激烈行為。

為了讓她打起精神，週末約會我安排了她喜歡的梨泰院手工漢堡店行程，面對心愛的漢堡，她仍然無精打采，有一口沒一口地吃著。

「怎麼樣，要不要去旅行轉換一下心情？」

我心疼地提出旅行建議，她只是搖頭。

「現在不是去旅行的時候，我要制定未來計畫，還要重新看一下企畫案……」

「好，那妳需要幫忙的時候隨時告訴我，知道嗎？約會費用暫時讓我付。」

我開玩笑拍拍胸膛。哇，有我這種男朋友，她肯定覺得很有安全感。

「不了，我有錢。我會努力賺錢養自己。我做好心理準備後才辭職的。」

一眨眼的工夫，我的自我陶醉被她的淡然打斷。

「妳跟妳媽說了嗎？」

「還沒，以後再慢慢告訴她。我的事我會自己看著辦。」

「嗯嗯，好。」

她說的沒錯，不過聽到她沒和家人商量就辭職，我多少有被嚇到。換作是我，辭職這種大事一定會和爸媽商量後再做決定，如此想來，不知道她媽對於女兒是女性主義者兼不婚主義者作何感想？她媽應該完全不知道女兒床底下有可愛的自慰用品吧？

11 我的機會

不知不覺已經到了初冬。

她說辭職後想維持過去上下班的生活模式，所以她會在相同時間起床，下午奔走在各家書店為企畫案忙碌。其中，她也不忘確認每天的新聞報導和示威集會日程。而我照常上下班。

這個週末天氣轉暖，霧霾卻不出所料地變得嚴重，我們一起去了許久沒去的電影院。雖然我愛看電影，但我進電影院的頻率不算高，除了漫威電影和克里斯多福・諾蘭導演的電影必看之外，我頂多看看一些時下熱門片。

今天的電影是她邀我看的，我沒多想就答應了，所以也沒做事前功課，對電影內容一無所知。當她去取預購票的時候，我才第一次看到電影海報。在電影播放前，由於電影主角是我平常就覺得很漂亮的女演員，我懷著大飽眼福的期待，但當電影開始後，那位女演員有別於她過去在電視劇裡的清純模樣，抽菸飆髒話樣樣來，我飽受驚嚇。

那位女演員的前後形象不符，如同我記憶中四年前的她和現在的她相遇，這年頭流行這種強勢又剽悍的女人嗎？仔細想想，我上學的時候，根本沒有什麼「激進女性主義者」。女性主義者應該是這幾年才出現的吧？她們到底為什麼會變成這樣？以前人們說：「大醬女、泡菜女*是問題。」過去那些文靜善良又美麗的女人究竟為什麼變成這樣，過去的男人和現在的男人差不多，沒有任何改變啊……種種念頭紛沓而來，導致我無法專注看電影。在我胡思亂想之際，電影落幕。

電影散場出來，她的眼眶泛紅。我吃驚地替她擦淚，看電影的時候，我並沒有發現身旁的她在哭。

「妳看到哭？」

譯註：大醬女指稱愛慕虛榮的女人；泡菜女指稱愛慕虛榮又無知的女人。

「嗯，一點點……」

這部電影有這麼悲傷嗎？啊，是無辜的孩子遭到家暴的悲情情節。

「這部電影在談女性議題，所以我很喜歡。希望他們兩個以後能過著幸福的日子。」

電影的後勁和餘韻強大，她久久無法自拔，低語答。

女性……電影？我一臉呆滯，明顯狀況外。她聳肩說：

「去吃飯吧。」

我們到了傳聞中很好吃的烏龍麵店。我之前積極相親時來過這家店。我對於剛才看的電影沒有任何感想，所以只是安靜地吃麵，她認真地滑手機，好像在寫什麼。

「妳在幹嘛？」

「在推特發電影觀後感，朋友們一直點名我。」

「啊，推特……」

網路傳言之一——推特，女性主義者雲集。我的心情像是印證了這項傳言。

「推特上有很多女性主義者嗎？」

她瞥了我一眼，堂堂正正地說：

「是滿多女性主義者的。」

「所以妳的推特好友都是女性主義者？」

「嗯，是啊。」

她的回答像是這件事再平常不過，我想起以前看過「激進女性主義者」相關網路文章。

「韓男小弟弟」、「6.9 cm」、「操你爸」、「有夠在基的*」……

光想我的背脊就發冷。

「我要不要也玩推特？」

譯註：成在基是韓國男性主義運動領導人之一，因為籌募男性主義運動資金而跳橋自殺，死後名字被引申用意，通常有自殺之意，而在基也變成女性主義者的敵人代稱。

「算了吧。」

我開玩笑道，她大搖頭的反應挑起我的好奇心。

「不能讓我看看妳發了什麼？」

「啊，算了吧。」

「為什麼？妳發文罵我了？還是發推特說我的男友是韓男？」

「才沒有！我幹嘛發那些東西？」

我不過是開玩笑，她的反應卻異常地大。

「怎麼了嗎？」

「什麼怎麼了，那是我的私生活。」

「喔……」

我歪頭揣測著她不乾脆的回答，正巧我們點的烏龍麵送上桌，中斷這次的對話。

難道是因為這家人氣烏龍麵的麵條讚到不行，以至於吃著圓形長條「竹輪」的她看起來該死的性感嗎？我偷瞄她之際，像被雷打到般想起自己也還沒告訴朋友們關於她的事。其實我不是忘了告訴朋友，是開不了口，難道她也是？

「喂，妳覺得我很丟臉嗎？丟臉到無法介紹給妳那些女性主義者的朋友？」

咳咳，她咳了起來。這算什麼？感覺一點都不像她，我的揣測變成了確信。

「哇，妳真的太過分了！」

我的語氣是開玩笑，我的心情卻超微妙。一直以來，我認為自己的女朋友是個「激進女性主義者」，非常尷尬，我當然很難帶她見朋友，可是我沒想過相反的情況。我突如其來的攻擊使她淪為守勢，她飛快地吃掉剩下的竹輪，還咕嚕咕嚕喝光湯。

「那你呢？你告訴你朋友們了嗎？」

「……告訴他們什麼？」

「還能是什麼？」

「……當然，說了。」

「少騙人！」

「我才沒騙人！」

我盡可能保持平靜地反駁她，不過得到的只是她的嗤鼻聲。

「我還不了解你嗎？這麼明顯的謊話。」

「我告訴過他們了！」

「物以類聚，你的朋友圈會是什麼樣的人，太明顯了。他們肯定都是一些大企業『奴工』，一定和你想法差不多，你怎麼可能告訴那些人你和『激進女性主義者』在交往？」

「那妳的朋友們呢？妳為什麼說不出口？妳和男人交往就是背叛女性主義嗎？」

我們翻舊帳吵得不可開交，彼此賭氣不說話。

「……先出去吧。」

「好。」

電影是她請的，所以烏龍麵我請。一走出餐廳，她就拿出香菸，我不發一言地發呆等她抽完菸。

時間靜靜地流逝。老媽陰險的笑容、老爸的社交軟體大頭照、暢銷作家的瑪莎拉蒂等，莫名地閃現我的腦海又消逝無蹤。她熄掉香菸看向我。

「真搞笑，我們現在是怎樣？」

「就是說啊。」

我漫不經心地回應。

「我們又不是羅密歐和茱麗葉。」

「噗哈哈，太誇張了啦。」

她爆笑出聲，笑聲感染了我，我也跟著笑起來。

「去喝個東西吧。」

我自然地向她伸出手，她抓住我的手，我們之間發生的一切到底是怎樣？並肩牽手走著的我們依然找不到這個問題的答案。心情很好，也很悶。

夜色降臨，我們喝完茶，吃完晚餐，自然地回到她家，躺在床上看Netflix的外國影集《紙牌屋》（Political Thriller）。隨著劇情發展，劇中人物的驚人陰謀和事件不斷地爆發，我卻慢慢地恍神。

就在這時，電腦畫面冷不防地停住了，畫面解析度變得奇差無比，接著電腦螢幕自動轉黑。

「咦……？」

她驚訝地起身，試圖長短交替按電腦電源鍵，電腦毫無反應。她家沒有電視，所以她主要是用電腦看電影和電視劇，偶爾處理公事。她的電腦是和我交往時買的，一臺二十七吋一體式設計螢幕。買的時候是最高級的型號，現在已經是最過時的了。總之一臺老舊的電腦出問題，絕不好解決。

「妳走開，我來看看。」

我上網搜尋解決方法，她慌亂地退下，我試著拔掉電腦電源線，大概等了兩分鐘後再插上，然後按下電源鍵啟動電腦。ＯＫ，電腦重開機了，很好。我在電腦進入作業系統前按按鍵讓電腦進入安全模式。我對身後的她說：

「啊，太好了，順利進入安全模式了。」

她懂我在說什麼嗎？我擺出電腦專家修電腦的嚴肅樣，試圖進入正常開機模式，事情不如我預期的順利，她的表情逐漸透出了絕望。

「啊，它不可以壞掉。我的筆電最近也怪怪的，如果連電腦都壞了……我在家就不能看 Netflix 了……」

「它過保固期了嗎？」

「早就過了。就算能修，應該也沒有適合的零件了吧？」

「官方維修中心可能沒有，但民間修理店家應該有。」

「送民間不知道會不會被坑錢，還有它很重耶，我要怎麼扛過去店裡。」

「我會幫妳送修，不用擔心。」

「……」

「有兩種辦法，一個是去外面給人家修，不然妳就趁這次機會換電腦。」

她陷入思索。

「怎麼辦，這麼大的螢幕應該很貴吧？」

「大概三、四十萬吧。」

她煩惱了一陣子說：

「那去外面給人家修？」

「好，店家明天應該會開門，我們再一起過去。不要太擔心。」

「謝謝。偏偏在這個時候壞掉。」

突如其來的故障造成我們的慌亂，但我們比預想的更快找到解決方法。我自豪於自己在危急情況下展現出的理性模樣。

接下來我們不知道該做什麼好。原本用大螢幕舒舒服服地看電視劇，現在突然改用筆電或手機的小螢幕看，不是很不痛快嗎？事已至此，我趁機營造氣氛，整個人緊緊貼上去求愛，卻被她冷淡拒絕。呿，最後我們聽著她的音樂串流媒體播出的音樂，各自滑手機，接了幾次吻後睡去。

隔天，按照原定計畫，我們應該要把電腦送到最近的電腦維修店家維修，結果卻睡晚了。我週末習慣睡到下午，她那天特別疲憊也晚起了。早上十一點，我們睡得正熟時，一陣嗶嗶嗶嗶的機械音響起。

「什麼聲音？」

我閉眼呢喃，分不清是夢或是現實的時候，身邊的她一下子坐起。

「咦，這是按大門密碼的聲音！」

她一臉慌張，只穿著內褲的我還搞不清楚狀況，先換上散落身旁的衣服。在我穿衣服的時候，她小心翼翼地走向玄關。是只在新聞報導上看過的變態嗎？還是專挑單身女子下手，破解女性家門鎖的瘋子？不對吧，現在又不是晚上，甚至是週末早上？這個變態或瘋子未免太勤快了？我總覺得有點怪……我努力壓抑自己的胡思亂想，亦步亦趨地跟著她。

門外不停地傳來嗶、嗶、嗶、嗶，按錯密碼的聲音。看來門外是非常固執的傢伙。我聽說有些醉漢會把別人家當成自己家，死按密碼想進別人家，現在就是這種情況嗎？可是在這種時間？也是啦，搞不好是喝到今天早上？一直和父母同住的我第一次遇到這種情形，相當慌張，我要不要找個東西充當武器？

不覺間，她已經靠近大門邊，側耳傾聽門外動靜。首先，她舉止冷靜不毛躁，非常好。反正門外的人猜不出正確的密碼，有可能就此離去，從此刻門外變得安靜看來，我的想法是正確的。

就在這時，門外傳來話聲。

「唉，這丫頭又換了密碼。幹嘛不接電話？」

是女人的聲音。她睜大了眼睛。

「姐？」

姐……？該不會是，她的親姐姐？

我和她四目相交，偏偏她的說話聲被聽見，門外那個被叫姐的人說話了。

「對，沒錯！是我！喂！開門！」

「怎麼辦！」我用嘴型問她。要躲進洗手間嗎？萬一她姐等一下想上洗手間怎麼辦？對了，我得先藏好鞋子，房裡還有我脫下的衣服，我的腦子裡同時間冒出好幾個念頭，進入半當機狀態，動作反而靜止了下來。

「幹嘛不開門！」

門外的姐姐大喊。

「等，等一下！」

她臨機應變。沒時間了，得快點躲起來。我陷入慌亂。那一瞬間，她下定決心地抓起我的皮鞋。看到她的動作，我回神接過皮鞋，打算躲進左手邊的洗手間。

說時遲那時快，嗶嗶嗶嗶喀啦啦，清爽的密碼成功聲。大門開了。

「咦咦？」

她和我同時發出慘叫。

「咦咦咦咦？」

破解大門密碼的當事者也一樣。砰的一聲，大門在姐姐身後關上。我們三人尷尬互看。

「妳、妳怎麼打開的？」

她問，姐姐回答。

「我試了幾組妳會用的密碼！妳會記得的數字又不多！」

平凡的對話，但兩姐妹的語氣就像在互吼。

「就算這樣，妳怎麼可以隨便進別人的家！」

「妳算什麼別人啦！」

「姐姐」一句話無情輾壓了她無力的抗議。姐姐上下打量我。

「唉呦，要死了，嚇我一大跳，你是她男朋友？」

姐姐的眼神是看著我沒錯，不過語氣卻不像是個問句，我一時間不知該不該回答，只能咧嘴傻笑。她替我回答。

「要不然還會是誰？」

「唉呦，妳男友還算人模人樣喔？」

姐姐掌握狀況後，露出冷靜的笑容與親姐身段。在此之前，她們兩姐妹看起來一點都不像。她的姐姐個子比她矮，綁起的長髮比她女性化。年紀比她大，但短版羽絨夾克配連裙內搭褲的裝扮，讓姐姐看上去比她更年輕。姐姐嬌小可愛的形象和她完全不像，在路上遇到也難以聯想她們是親姐妹。

不過她們笑起來的樣子倒是一個模子印出來的。而姐姐意味深長，彷彿在算計什麼的語氣更是與她如出一轍。

「吼，妳幹嘛跑來啦！這麼突然。」

她一頂嘴，姐姐立刻高舉右手。

「這個。」

是一個用包袱布包好的小菜保鮮盒。哇，姐姐會替她做小菜？她伸手搶過保鮮盒。

「這樣行了吧？我會好好吃的。妳可以走了。」

姐姐看似不打算讓步，問：

「聽說妳辭職了？」

說著，姐姐開始脫掉她拉鍊式黑色踝靴，表達了強烈的進屋意志。

「吼，我會自己看著辦！我說妳可以走了！」

她伸手想阻攔姐姐，但心有餘而力不足。姐姐輕鬆打掉她的手，沒頭沒腦地朝我展露親切的笑眼。

「你好，我是她姐姐，第一次見面。唉呦，她真的太沒禮貌了，家裡有客人，我當然得好好打招呼後才能走。」

「是的，您好，很高興見到妳。」

我不知所措地問候。她瞪著我。不然呢，這種狀況是想要我怎樣！

「是不是怕別人不知道你是她男友，衣服品味真特別。」

姐姐喃喃自語，大步進屋。她發出近似悲鳴的聲音，跟著姐姐進屋。我正打算跟著進去時，玄關全身鏡映照出我現在的模樣，剛剛手忙腳亂套上的衣服寫著「善良的女人才能去天國，壞女人想去哪就去哪」，我猛然驚覺她昨晚叫我睡覺穿得舒服一點，啊啊，在第一次見面的女友姐姐面前我又不能脫掉上衣。

她和姐姐面對面坐在一人用餐桌前。由於沒有多餘的椅子，我彆扭地坐在小板凳上。

「為什麼突然離職？」

「關妳什麼事？」

「怎麼會不關我的事？搬出來住要浪費房租錢，妳回家和媽住，還能幫媽分擔家務，不是更好？」

「妳以後有什麼計畫？」

「妳少管我，我花的是我的錢。」

「我當然有計畫，我會自己看著辦！」

「嘖嘖，真不懂事。那個，怎麼稱呼你？」

「啊，我叫金勝俊。」

「好。勝俊，你和她交往是不是很累？」

她因姐姐的話瞪著我，意味著「給我好好回答」。

「啊，不會……」

姐姐突然抓住了我的手說：

「那我就稍微放心了，看來她就是有恃無恐才敢辭職的吧？」

「什麼叫有恃無恐？不要說一些奇怪的話！」

姐姐雖然因為她高亢憤怒的聲音嚇了一跳，卻完美地無視了她的話。她已經夠強勢了，能壓制她的人就是她的親姐姐。我的老天爺，這家人果然都很猛。

「你們好像很親密……」

姐姐瞇眼露出意味深長的笑容。也是。週末早晨我用這副德性迎接女友姐姐。無可辯駁。我尷尬地打哈哈。

「勝俊你看起來不像輕浮的人，希望你能好好照顧我妹到最後。」

「啊，好的，我知道。」

對答之間，我和姐姐四目相對，我準確地接收了姐姐話中之意——「到最後」。也就是說，姐姐和我共享著同一個世界的價值觀，不同於她。

「我媽本來就很擔心她，又聽說她忽然辭職，嚇了一大跳。」

「伯母一定很吃驚吧。」

天啊，我居然不由自主地附和了姐姐的話，我感覺到她惡狠狠的目光。

「我和老公小孩一起住，我家就在娘家附近。我們夫妻都要工作，孩子給我媽幫忙帶，我們會付一些保母費給我媽。」

「啊，是的，我們公司有很多女前輩也是這樣。」

姐姐似乎被觸動，哀傷盯著我的眼睛說：

「請不要太討厭公司裡的職業媽媽們，大家都是為了家庭生計不得不這樣。」

我立刻打起十二萬分精神，得體應對。

「當然，那是當然的。我怎麼會討厭她們……」

「總之今天是因為我媽說她和妹妹大吵一架，所以我臨時過來，我原本不是那麼不講道理的人……」

「姐妳原本就是不講道理的人！」

她插嘴道，但姐姐不理她繼續說：

「湊巧碰到勝俊你，我媽知道以後就能放心一點了。母女床頭吵床尾和，那些小菜也都是我媽要我送來給她的。」

正在我被母姐親情感動的同時，她獨自生氣。

「不要跟媽媽嚼舌根，知道嗎？我慎重警告妳。」

「她幾年前就嚷著不結婚，要一輩子單身。鬼才相信那種話，她最好是能單身一輩子。她啊，你一定懂的。」

我雙眼游移在兩姐妹之間，姐姐神色和平，她怒氣衝天，我覺得我要精神分裂了。一般人很難當面說出這麼嗆的話，就某種意義上來說，姐姐超猛。

「吼，姐妳快點回家！恩秀在等妳！快點！」

她扯著大嗓門吼。

「知道了啦，妳不吼我我也會走。勝俊，遇到麻煩或煩惱隨時都可以聯絡我。」

姐姐從手機殼裡拿出一張名片遞給我。不知道是因為我認定姐姐是可靠的盟友，或者是我預感未來真的會有事需要聯絡，總之我發揮體內的應變能力，突破她的阻撓，取得了名片。我一眼就看到姐姐的名片上印有韓國最傑出大企業的藍色商標。

「總之妳不要想一些有的沒有的，趁離職順便嫁人吧。我走了。」

「妳不准跟媽說我有男友！我真的會生氣！」

她扯著嗓子喊，姐姐維持一貫的不為所動，走了。來時與去時都是如此瀟灑寫意。

門砰地關上，她氣呼呼地說。

「吼，那個瘋女人，怎麼辦？」

「再怎麼樣，妳也不能說自己的姐姐是瘋女人吧？而且妳姐看起來人不錯。」

「閉嘴！你不懂啦！」

老實說去路邊隨便問人，她們兩姐妹誰更像「瘋女人」？答案不揭自明。我在心底偷笑。

「媽照顧外孫累得半死，我實在看不過去。要是我繼續住在老家就要一起照顧小孩，一起分擔家務，我想過自己的生活才搬出來，我姐是因為對我媽很抱歉才對我這樣！」

「妳姐好像在大企業上班？」

「嗯，她和我完全相反。」

「確實相反。」

「一大早亂七八糟的，吼，討厭死了，心情有夠爛。」

她來回在屋裡踱步，一副要在家裡撒鹽驅煞的氣勢，然後瞪著我說：

「以防萬一，我先聲明，你不要瞎想。」

「瞎想什麼？」

我很清楚她說的是什麼，但選擇先裝蒜。

「順便嫁人那句話……大家都是女人，她怎麼可以說出這種話？」

相較於她明顯的怒氣，我顯得不以為意，且冷靜反駁。

「不管怎樣，她是妳姐，難道會害妳？她會那樣說都是出自對妳的擔心。」

「真的擔心我就少在那邊囉哩叭唆，直接給我錢！」

「妳姐是已婚人士，很清楚結婚好處多多。」

「夠了……真是的，把你剛才收下的名片交出來。」

我另一隻手不由自主地握緊了名片。

「……為什麼？妳想幹嘛？」

「我要你交出來就交出來！誰知道你們兩個會不會串通一氣？我絕對不容許這種事發生。」

「名片是妳姐給我的，妳憑什麼搶！」

「你看你，你是不是真的想聯絡她！少做夢，交出來！」

她看出我的猶豫，迅速把手伸向名片，啊，我真希望手上有眼睛，早知道名片會被奪走，我就先背下她姐的手機號碼。我的反抗終歸無意義，她卑鄙地攻擊我的弱點——搔癢胳肢窩，像是撬開緊閉的蛤蠣撬開了我的拳頭，姐姐的名片在她手中碎成一片片，她甚至擔心丟垃圾桶會被我撿回來拼湊，縝密地把名片碎片盡數沖進馬桶裡，有如千軍萬馬般的我的援軍聯絡方式就這樣虛無地沒了，令我哀痛欲絕。有沒有方法讓我再次打聽到姐姐聯絡方式？

另一方面，我很高興知道她周遭親友的想法和我相仿，竟然會說「趁著離職順便嫁人」，真是大快我心，我想得果然沒錯，她的離職是我的大好機會。

我們輪流洗澡，進行外出準備。我用稀鬆平常的語氣喃喃自語。

「其實女人一輩子單身會遇到很多困難，講真的，剛才不知道誰在按密碼鎖，很害怕吧？我一個大男人都覺得可怕了。」

「……」

「幸虧是姐姐，萬一真的是奇怪的傢伙怎麼辦？」

在我一個人自言自語的時候，她嚴肅盯著手機撥出電話。

「您好，請問今天有營業嗎？我想請問修電腦的事情。是的。是舊款電腦。」

我看著她打電話，她泰然自若地掛掉電話後對我說：

「我打電話問了，新村那邊有不錯的電腦維修店家，現在有營業，我們去看看吧。」

她好像已經擺脫了姐姐來訪的後遺症。而自從見過她姐，我的心情變得從容，所以大發善心稱讚她。

「好。做得好。有手套嗎？」

「啊，我沒有棉手套。」

「不是棉手套也沒關係，隨便什麼都行，只要是手套就好。」

我一說完，她蹲在衣櫃翻東翻西好一陣子，最後拿出了一雙花花綠綠、顏色俏麗的針織手套。我正想接過手套，她忽然抓緊了它。

「怎麼了？」

她戴上手套，沒頭沒腦地說。

「我來扛。」

「什麼？喂，電腦很重。」

但我已經來不及阻止她，她用兩手抱起書桌上沉重的一體型螢幕，搞什麼鬼，她好像很愛在我面前炫耀她的「女力」。

嘿！只見她丹田用力，順利抱起螢幕，問題是除了過重的重量，二十七吋的電腦螢幕體積相當龐大，身高一百六十公分的她得用盡吃奶的力氣抬高下巴，才有可能看見前方的路。說實在的，她這種狀態，不要說搭計程車到新村，走出家門都是個問題，然而她不屈不撓地繼續挑戰。

「喂，妳會受傷！」

「不會，我沒關係。」

話雖如此，她逐漸脹紅的臉和顫抖的手臂一點都不像沒關係，我連忙搶走電腦。

「吼，你幹嘛啦，我都說沒關係了！」

她一反常態地虛張聲勢，但一臉「太好了」的表情有點搞笑。才一下子，她已經滿身大汗。我把電腦放回桌上，脫下她手上的手套改戴到自己手上，接著輕鬆地抱起電腦。

「走吧，開門。」

她裝出無可奈何的樣子走到玄關開門，我抱著電腦走出大門，男人天生比女人力氣大是客觀事實，她能怎麼辦？她似乎沒體認到這個事實，一臉忿忿不平。真的太奇怪了，有必要這樣嗎？高高興興接受既定事實，承認自己有個力氣大的男朋友不就得了。

我們告訴計程車司機維修店家的地址後，約莫二十分鐘的車程便抵達目的地。一名十幾歲的少年出來承接送修的電腦，讓我覺得有些神奇，幸好沒多久，另一個和那個少年長得一模一樣的中年老闆出現了。老闆表示很久沒看到這種舊型號，試圖開機，但東弄西弄，五分鐘不到就做出判斷。

「這臺電腦得換顯示卡和中央處理器才行。」

「要多少錢？」

她小心翼翼地問。

「包含零件費用，得付五十萬元。」

比預想價格來得貴，我暗中觀察她的神情，她的表情有點僵硬。

「這次修好能再用多久？」

言下之意是她正猶豫要不要送修。

「大概能再用一兩年吧，付現可以便宜你們五萬元。」

老江湖就是不一樣，馬上看出我們因為價錢而猶豫，追加折扣。

「啊，現金……不用了，我刷卡。替我分期……」

她猶豫了一下，最後打定主意說。也是，她才剛辭職，臨時要支付一大筆錢，的確是不小的負擔。該是我出場的時候了。

「算了啦。錢我借妳，妳付現吧。要修幾天？」

「三天後來拿。」

老闆似乎就等我這句話，迅雷不及掩耳地拿出一份簡易維修單。

「欸，算了啦，你幹嘛這樣……」

我不顧她的抗議，擺出闊綽豪氣的姿態，揮手表示沒關係，就這樣決定了。

最後她半推半就看完維修單內容，填寫居住地址和聯絡方式。老闆可能是因為週末成交了一筆生意，心情大好，所以對她說：

「小姐，脾氣不要這麼硬，跟男朋友撒個嬌說『你直接幫我出錢吧』。」

「什麼？」

她憤怒的開關似乎被打開了，我連忙遞出填好的維修單，並且抓住她。

「謝謝，我們三天後來拿。」

不出所料，我們一出店家，她立刻高聲咆哮：

「所以說你幹嘛多管閒事？」

我早有準備，冷靜應對。

「先享受付現優惠，妳再分期還我錢不就得了。省錢不好嗎？」

「那個老闆真可笑，撒什麼嬌，媽的……」

「人家的意思是妳很可愛，有撒嬌的本錢好不好。」

「吼，閃邊啦，煩死了。」

唉，我有點傷心，她幹嘛對我發飆，那些話是我說的嗎？幸好我和她交往久了，抗壓性日益長進。

「怎麼了啦，人家那樣說又沒惡意。」

「有沒有惡意很重要嗎？」

「好了，不要說了。老闆幾十歲了，怎麼可能一夕之間改變他的價值觀？請我吃飯，我剛剛花了力氣，餓了。」

我拖著激動的她，開啟大腦內建導航系統，走向附近的美食餐廳，她一邊碎碎念一邊乖乖地跟我走。

噢，我總算找到控制她的方法了？

本性善良如她，只要掌握制敵要點就能輕易擺平她。多虧她姐親身示範，我受益良多。三天後電腦修好，我再去幫忙取貨付款，要她分期還錢就好。超加分的行為。她應該對我既感激又抱歉吧。再說，在經歷辭職事件後，她又豈能無視我給她的依靠。

我不再是過去的金勝俊。回顧這段時間我的孬樣，我自己都覺得可憐。

「你在想什麼？」

我不自覺地嘻嘻笑著，坐在對面吃飯的她沒好氣地問，我極力控制我急遽僵硬的顏面神經，鎮定地繼續吃飯。

12 一切按計畫進行中

不久前，我見到她前公司的一些同事。與其說我們的感情有了新進展，在同事面前公開了關係……其實是措手不及。公開的決定性契機如下：那天她說要和朋友們去喝酒，結果過了凌晨一點都還沒回家，我緊張得每隔半小時聯絡她一次，她卻不以為意地說：

「不用擔心我，你先睡吧。你明天不是要上班嗎？我喝完會自己回家。」

喝完酒當然會自己回家，不然能去哪？她是年過三十的成年人，酒量遠勝於我，除了因辭職而心累的那陣子，我從沒見她喝醉過，再加上邏輯來說，我本來就沒有強迫她回家的權利，但在現實世界中這種邏輯不管用。

有一個凌駕於萬般邏輯之上的魔法邏輯——我是她男朋友。

所以我擁有關心與勸告她回家的義務和權利。明知有個混帳暢銷作家妄想老牛吃嫩草，我怎麼可能不管喝到凌晨還不回家的女友，自己先去睡？我死撐眼皮滑手機，當我正在想全世界有多少男朋友在這種狀況下還能安然入睡，我的女朋友恰好發訊息來。無憂無慮地寫著：

你該不會是因為我睡不著吧？

我就是因為妳睡不著！可是這樣回答未免太不帥，而且顯得她太帥，我只能這樣回她：

當然不是。

我只是單純失眠罷了。

妳回家記得發訊息告訴我。

那天晚上，不誇張，「回家發訊息給我」這句話我起碼說了十次吧，差不多該回家了吧，再一下應該會回家了吧。我把朋友們推薦的 YouTube 有趣影片全部看完，覺得這樣下去真的不行，所以又打給她。那時約莫凌晨一點半。

「喂？」

話筒另一端傳來了輕快的音樂聲。我心中大吼「現在都幾點了？」，不過為了維持平常心，我努力抑制激動的語氣。

「還在喝？」

「嗯。」

「妳朋友他們明天不上班嗎？」

「大家都辭職了，全都是自由工作者。」

哈，討人厭的自由工作者。所以說人就是應該要定時上下班，規律生活才是王道好嗎。

「時間太晚了，我很擔心……」

「我都說不用擔心了，我一點都沒醉。」

對，她不把我的擔心當一回事，這就是我們之間的問題所在。這時，我聽見話筒傳來陌生的聲音。

「她跟誰講電話？」

「應該是男朋友吧。」

「男朋友嗎？」

有好幾個人的聲音，而且我清楚聽見了其中夾雜男聲，我心中升起一把無名火。

「看來你們玩得很嗨。」

「嗯，大家很久沒見了。」

「要我去接妳嗎？我可以順便和他們打招呼。」

「你現在要過來？這麼突然？」

「因為有點晚了，我想去接妳。」

「不用了，我真的沒關係，你應該很累，幹嘛跑來……」

「告訴我地點，我馬上過去。」

雖然是一時衝動，但她的不樂意反而加強我過去的決心，這時，話筒那頭又傳來聲音。

「靠，現在？他要來？妳男朋友？」

「喂，那就讓他過來吧。」

「對啊，順便見一面。」

他們知道現在幾點嗎？我肯定他們都醉了。

「知道了。那我發地址給你。」

事情就是這樣。所以我出發去見她和她的前同事們。在凌晨兩點。

我搭著計程車到達鬧區盡頭的一間小酒吧。

「哇，真的來了。」

「您好！」

「喔，你來啦？」

我，明天要上班的我，為了她才跑到這裡，她卻好像不怎麼高興。這讓我有點洩氣。幸好她的朋友們不像她，非常歡迎我的到來。

「是的，大家好。」

在場包括她在內，總共是四女一男。那個唯一的男性似乎特別歡迎我。五官立體，眼睛炯炯有神，高瘦身材，分線的髮型有點日本人的感覺。我們用男人的方式握手招呼，互相打量對方，他突然向她稱讚我。

「哇，這麼晚還來接妳，妳男朋友很帥喔。」

「是嗎？」

「當然了，要不是超愛妳，這麼晚誰會來。」

「喔……」

那個男人的玩笑話讓她歪頭出神，不知道在想什麼，我不知道對方說的是真是假，我只能假裝不好意思地笑。目前看來，這個男人還不錯，我暫且把他列入無威脅性清單上。

「一起喝一杯吧。」

他們是這家店的常客，和年輕老闆混得很熟，即使過了營業時間也可以玩到想回家再回家。原來如此。這種店就是問題的元兇。

他們非常自在地把店當成自己的家，進櫃檯用筆電放歌，是我不知道的歌曲。輪到她放歌時，我內心隱約期待她能放我們以前一起看過的電影原聲帶歌曲，她卻放了我生平第一次聽到的電子音樂。

這些人都是她在出版社認識的同事和前輩。她在公司熟人不多，由於大家都是不受拘束、自由自在的靈魂，所以相繼離職。現在有的是自由編輯，有的是獨立雜誌發行人，也有的是設計師。整體而言，雖然離開出版社，但從事的新工作跟出版界脫不了關係。

不知道是不是因為我們初次見面，他們一致地稱讚她。

「她本來就聰明，工作能力好。」

「自己獨立創業也沒問題。」

「她有很多興趣嗜好，啊，她不久前跑了半馬，真的很厲害。」

我微笑點頭傾聽大家口中形容的她，她沒任何反應，只顧著吃下酒菜。

我想引起她的注意，所以使出我在這種見女友朋友的場合慣用招數。我問：

「公司裡是不是很多男人都對我女朋友有好感？」

「什麼？好感嗎？」

「對。追她的男人好像不少，誰叫她漂亮。」

「你在說什麼？」

我是為了炒熱朋友聚會氣氛才問的，她卻不滿地插嘴。

「怎麼了？朋友聚會本來就會問這些，是吧？」

我尋求她的同事們的認同，坐在我身邊的男人點頭點得特別大力。

「是的，沒錯。」

「對，她很受男人歡迎。」

「吼，夠了。不要回答這種問題。」

她直截了當地結束話題。而這個話題的發起者——我本人陷入了危機。

我用眼神散發出「她真可愛」、「大家都知道她很害羞吧」的訊息，幸好她的前同事們不但善良又會察言觀色。大家配合地哈哈大笑，快速轉移話題。

我們大約喝了一小時的酒，不知不覺凌晨三點半了，濃濃湧上的睡意是提醒大家打道回府的訊號。我還在考慮是不是該豪氣站出來表示這攤我請，所幸有人早一步出面，主導大家平分帳單。我暗呼慶幸，有禮貌地目送所有人上計程車。

終於只剩我和她。

「叫計程車吧，我送妳回去再回家。」

「幹嘛這麼麻煩？而且計程車錢很貴。」

「我就是為了送妳回家才來的。」

我忽視她的不樂意，快速攔下路過的計程車。她露出不可理解的表情卻也沒轍地上了車。

「夜間計程車費超貴，可以抵兩頓飯錢。」

「沒關係啦，今天是第一次。」

「什麼？」

「我們交往以來，妳沒有這麼晚回家過，所以今天由我送妳回家。以後不要再玩到這麼晚，知道嗎？」

我盡量放輕語氣，溫柔笑說，但她的眼睛睜得圓滾滾。

「為什麼？」

哈，又來了又來了……

我發揮最大的耐性，一字一句清楚地說：

「因為我會擔心。妳沒看到我就是因為擔心，才會這麼晚還來接妳回家嗎？」

「你來了之後，不覺得自己在瞎擔心嗎？」

「老實說我擔心的不是妳。」

「那你擔心什麼？」

「我擔心和妳一起喝酒的男人、妳走夜路不小心遇到的男人，或是搭車回家遇到差勁的計程車運將。我擔心那些人。」

她的表情相當微妙，是吃驚稍帶喜悅的表情。

「是吧，所以大家都要變成女性主義者才行！只要我們改變這個世界就不會有這些無謂的擔心。」

聽到這句話，我一點都高興不起來。又是該死的理想主義者的不成熟發言，改變世界要改變到何時？這個世界有那麼容易就能改變？我心情好的時候會想守護她的天真無邪，但此時此刻睡眠不足的我只想向她的天真挑釁。

「妳不覺得妳的想法很矛盾嗎？妳自己也擔心走夜路，每天都說這個世界不適合女人生活，那妳為什麼要晚回家？明知道晚上危險就應該早點回家。」

我自認做出了一番邏輯性言論，但她的表情似乎不以為然。

「啊，照你這個邏輯，被強暴的女人全怪她們自己晚回家囉？你知道你現在在說什麼嗎？」

危機氣息迎面而來，我決定先吐出魔法咒語。

「我不是那個意思。我會這樣說是因為我是妳男朋友啊。」

「……」

「我就是擔心妳，妳要我怎麼辦？妳不久前才剛發生不好的事。」

她蹙起眉頭，我很抱歉讓她想起不愉快的回憶，要是我開口之前能想到這一點就好了。

「你的意思是晚歸可能又會讓我遇到那種事，所以不能在外面喝太晚？嘖，無緣無故地變成受害者，好委屈啊……」

她迴避我的視線，望著半空說，我無話可說忍耐閉眼，過一會才又睜開說：

「妳告訴前輩們了嗎？他們應該有問妳辭職的理由吧。」

她搖搖頭。在這種情況下，我的心情似乎變好了，這是為什麼？好像是因為她相信我多於那些前輩的關係，因為她願意告訴我全部的事情。

「我就是這樣才擔心妳。小心謹慎不是壞事。好，以後妳想做什麼就做什麼，想喝酒就喝，想和朋友見面就見，但如果太晚，我還是會像今天一樣去接妳回家。」

「我就是怕我媽擔心才搬出來住。我真的很討厭被人管。」

「妳不是被我管。妳不懂我的心嗎？」

其他女人一定超愛我這種行為，通常男友不去接晚回家的女友，就等著被女友抱怨挑剔，大吵一架，我盡全力擠出超級真心的表情看著她。神奇的是，那一刻的她表情略顯苦澀。她果然很善良。看到那副表情，我認為我的話生效，放寬了心。

「老實說，我以為我今天過來妳會感激我。」

「什麼？想過來的人是你，我又沒叫你過來。」

她笑著，冷言還擊。

「什麼啊……對啦，妳說得都對。」

「你自己一廂情願跑來不說，還對我朋友說一些奇怪的話，挖我的過去。」

剛才她那副苦澀的表情不知道去了哪裡，可惜的是，現在這樣子更像她的風格。

「我怎麼了？我們不是聊得很好嗎？大家聊天都是這樣子開玩笑的。」

「一點都不好笑好不好？」

「我說妳漂亮妳也要討厭？是因為不好意思嗎？」

說著說著，我突然發動調皮勁，用手肘頂了頂她的側肋骨，她斷然地推開我的手。

「到了。」

就在此時計程車停在她家門口。她迅速地掏出信用卡付了計程車費。

「總之我知道你的心意了。我回去了。明天好好上班。司機先生，請送他去坪村。」

她像唱饒舌一樣飛快說完後下車。如果我下車送她到她的住處門口，她一定會擺臉色給我看。儘管遺憾，她一下車，我累得靠在計程車後座，看著窗外掠過的首爾夜景，偷笑。

「總之我知道你的心意了……」

她的話不停地迴盪在我耳邊。以她的個性，是不可能忽視我的，她這麼討厭我去接她，以後一定會早回家。這是很明顯的。

自那天之後，我暗暗期待著她的下一次喝酒聚會。不過那天後好像就沒什麼人約她喝酒。也是啦。仔細想想，在她離職之前，她就很少參加那種聚會。我無法確認我的話是否生效，但我內心自認她一定有把我的話聽進去，隱隱自豪。她討厭乖乖聽我的話也討厭讓自己不舒服，索性一開始就不要去喝酒。我確定她就是這樣想的。

月曆再撕一張紙就到了十二月。

現在週末市區約會後，去她家看 Netflix，滾床，已經變成一種既定模式。當然，只有在沒有示威的日子會這樣，而之前動用我的力氣搬去送修，用我借的錢修好的電腦至今仍好好運作著。每當我看到那臺電腦，自豪的心情油然而生，努力壓抑著想自賣自誇的心情。

我們一起看過的政治影集終於大結局了，我們開始看她挑的新影集。新影集也不是我喜歡的類型。一來太多同性戀者相關情節，二來美式幽默戳不到我的笑點，所以看影集的時候，我一再分心欣賞她的側臉，接著趁她去洗手間的時候確認我的手機，我注意到朋友聊天室的未確認訊息數字不斷地往上飄。

我很好奇是什麼事，點進去一看，才發覺下個禮拜就是基賢婚禮，我本來以為還有一段時間。大家在討論集合地點和送基賢的結婚禮物。一段對話快速飄過我眼前。

勝俊會帶伴嗎？

是東延問的。我當然是一個人去，所以打下了「我應該自己去吧」時，泰宇那小子先發制人。

搞不好他會突然帶伴？

除了我，高中同學個個都是有婦之夫。我早已習慣夾在成雙成對的情侶裡當電燈泡，不過泰宇那句話活生生背後捅我一刀，因此潛意識操縱我的手發出訊息。

對，我要帶伴。

咦？是誰？

你有女友了？

嗯，其實……

我剛打到這裡，她正好從洗手間回來，坐回我身邊。我稍微側身不想讓她看到手機畫面，手指飛快回訊。

細節晚點跟你們說。

發出這個訊息後，我把手機蓋起。朋友們肯定好奇到要死，但那不關我的事。我深呼吸一兩次後故作泰然地看電視劇，趁機摟住她的肩。

「下週六我朋友結婚，要一起去嗎？」

「什麼？」

「一個叫基賢的朋友。四年前妳應該見過一次，他要結婚了，朋友們都會攜伴參加。」

她不聲不響聽我解釋，然後轉過頭看我，我嚴肅的神情說明我沒在開玩笑。最後她按下暫停鍵，電腦上正在播放的電視劇畫面跟著停止。

「為什麼這麼突然要我去參加婚禮？」

「哪有突然，只是，我也見過妳同事們，我也想把妳介紹給我朋友們認識。」

「省省吧，幹嘛這麼麻煩。」

「怎麼了？」

「你沒關係嗎？」

「妳指什麼？」

我不是不知道她說什麼，不過是死命裝傻。

我和她結伴出席婚禮。

這件事宛如一場大冒險，但我覺得在這個時機點，賭上勝負也不賴，或許這是一個大好機會能把她的價值觀更拉向我。最重要的是，我想讓她感受婚禮幸福的氣氛。每個人看到盛裝打扮，幸福吻著對方的新郎和新娘，都會認為人生中最帥氣的一件事情就是結婚。婚禮是我們一輩子一次當主角的日子，大家肯定都對那一天懷有夢想吧？

我以前也參加過婚禮，所以很清楚良才站前的結婚場地有多漂亮氣派。加上準新郎基賢是天生的「戀愛高手」，那小子一定會向大家展示自己和未婚妻最幸福的模樣。即便她是女性主義者，但我有女友是個鐵錚錚的事實。而在我的朋友們面前，她一定會發揮最大的社交性。藉由夫妻和情侶同伴的場合，她會更清楚認知到我們兩個是天生一對。再說了，在那群朋友中我最帥……

「我可以去參加婚禮，不過你不會癡心妄想，以為我會突然畫全妝穿洋裝吧？」

「知道了，我沒那樣想過。」

「那我穿這件衣服去也可以嗎？」

她壞笑拉起身上的T恤。我看到了T恤上熟悉的字句，「善良的女人才能去天國，壞女人想去哪就去哪」。

「吼，拜託只要不穿女性主義的T恤就行。只要不穿這種衣服，其他我都無所謂，好嗎？」

我懇切拜託，她笑嘻嘻道。

「知道了。好啊，不過……」

「……不過？」

「你必須答應我，下次和我穿情侶T恤！上次看你穿這件，顏色真的超級適合你！」

「這件衣服妳到底有幾件？」

「三件。你會穿吧？」

我煩惱之餘，打算先答應，日後要賴反悔就行了，於是我爽快點頭。

「知道了。不過那天妳得穿得平凡一點，知道嗎？」

「什麼是平凡？」

「不用盛裝打扮也沒關係，稍微符合禮儀的打扮。不是有那種衣服嗎，女人們……啊，我不管啦！」

我試圖委婉表達，但實在太難了。

「噗。他在哪裡結婚？」

「良才站前面，那裡的喜酒很好吃。」

「是嗎？好棒棒。」

她戲謔地歡呼，然後又若無其事地看起電視劇。婚禮話題到此結束。

幾天後，我無可奈何地在聊天室大致說明這段日子發生的事。儘管我極力美化，但朋友們依舊反應熱烈。總結來說，那些傢伙們的反應大概是「天啊」、「厲害喔」、「怎麼交往的？」、「他果然是個瘋子」、「太討厭了吧」、「說什麼韓男」、「甩了她」、「你是不是瘋了」。另一方面，我的故事給生活平淡無味的他們增添了有趣的話題，尤其是在這個「激進女性主義者」變得社會化的當下，這件事充滿了樂趣。起先大家努力想勸誘我，認為我是被惡魔的存在所利用，後來風向緊急轉為我是為了拯救被惡魔利用靈魂的可憐女人。這些傢伙的話題愈來愈歪，興致愈來愈高昂。

到了這把年紀，除了人生第一次參加朋友的婚禮會有所期待之外，如今婚禮對我們來說只是無聊又麻煩的社交活動。多虧她，我和朋友日夜引頸期盼基賢的婚禮到來，期待到幾乎忘記了這場婚禮的主角其實是基賢。

13 在婚禮上

時間終於到了週末上午，基賢婚禮當天。

我惴惴不安地開車到了她家門口。我擔心我們約在婚禮禮堂前見，她穿著自以為稀鬆平常的「善良的女人才能去天國，壞女人想去哪就去哪」T恤出現，我會囧到爆。

我在妳家門口。

我在我們約定好的時間發訊息。我盡力沉住氣不讓自己好奇她的衣著打扮，但好奇心管得住就不叫好奇心了，我能怎麼辦。時逢嚴冬，外頭颳著寒風，我毫不猶豫地穿上深色西裝配毛呢大衣。為了增添休閒隨興感，我還刻意挑選了褐色。

不久後，我聽見開門聲。她出來了。她一身灰色系襯衫配厚寬褲，外搭黑色針織衫，手上拿著一件深藍色大衣，沒有特別化妝的素淨臉龐，整齊別在耳後的頭髮，活像個從漫畫裡走出來的美少女。

「哇，妳比我還帥耶！」

我不禁感嘆，她噗哧一笑。

「走吧。」

我並不是不想念A字裙和H-line鉛筆窄裙，但暫時先這樣吧。我盡力逼自己這樣想的同時，她上了車，神情自若的我遞出一支全新的紅色潤唇膏。

「我最近嘴唇有點裂才買的，剛好買一送一，一個給妳用。」

「喔，好。」

「可是我不知道這個擦起來是什麼味道，妳試擦看看。」

「什麼？喔。」

我發動車子不經意地說。對於我的話，她沒有任何起疑，撕開潤唇膏的包裝，試擦抿唇。

「聞起來還不錯。」

「喔，是嗎？」

「嗯。」

我笑了，餘光所及是她散發自然紅光的嘴唇。其實那是一條兼具口紅功能的護唇膏！她天生皮膚好，只要嘴唇上點色，整個人散發的氣息就能變得完全不同。

成功了！作戰成功！我知道我很卑鄙，但這種程度是可容許的吧？畢竟是介紹她給朋友認識的場合，我希望她能打扮得更好看。

「感覺真神奇，搭你開的車。」

「的確很神奇，這些日子我們沒什麼機會開車。我買這輛車還不到一年。買車前我很猶豫要不要買進口車，雖然進口車有點超出我的預算……」

經慎重考慮後，我人生第一輛車是韓國產的小型休旅車，性價比高，車內空間寬敞……其實我是考慮到說不定幾年後家裡會增加新人口。

「喔？為什麼？」

「沒為什麼……」

還能是為什麼，開進口車載女人約會比較有面子。這句話萬萬不可明講，所以我只是含糊帶過。她盯著我的臉半晌，似乎也沒興趣追問，改聊其他話題。

「其實我沒有駕照。」

「妳沒有也沒關係，我載妳就好了。」

我笑著，但她嚴肅地說：

「我明年要去考。」

「啊，好……妳去考吧。」

「你跟你朋友們怎麼說我的？」

「還能說什麼，有什麼說什麼。」

「你有告訴他們我們在普信閣示威集會莫名其妙遇到？」

「幹嘛硬要說那個……」

我一臉不樂意，她立刻爆笑。

「你那些朋友記得我嗎？我不太記得他們了。」

「他們也不太記得，妳就當成第一次見面吧。」

當然，這句話不是真的。在聊天群組裡，我一發出「你們還記得我去美國之前分手的女孩嗎？」朋友們立刻七嘴八舌，「啊，是那個你去到機場才發分手簡訊的那個賤女人嗎？」

「好，知道了，快年末了呢。」

她雙眼朦朧打哈欠。

「妳累的話先閉眼休息一下。」

「我還好。感覺像在兜風，很開心。我可以放我喜歡的音樂嗎？」

「嗯，放吧。」

我的副駕駛座就像她的專屬座位，畫面如此和諧，在她挑音樂的時候，我在腦海中描繪我們的未來。她大腹便便的模樣、她抱著孩子的模樣、這輛車以後應該放得下兒童安全座椅吧。我所期待的未來畫面挺有模有樣的呢。

週末開車去良才站果然是愚蠢的決定，幸好我早把塞車時間算進去，才能在婚禮開始前三十分鐘安全抵達。我們一進入禮堂就在大廳看到泰宇夫妻、敏赫夫妻和東延夫妻。他們正在互相問候。泰宇老婆挺著大肚子。敏赫有個快滿一歲的女兒，看樣子他今天沒把女兒帶來。東延和老婆還在新婚甜蜜期，兩人十指相扣。

先不論懷孕的泰宇老婆，敏赫和東延老婆的衣品都很不錯。一個穿著貼身洋裝搭微透的絲襪，另一個穿著雪紡裙。雖說兩人都是常見的婚禮賓客穿搭，但我喜歡她們的女性化打扮。

「喔，勝俊你來了？」

最先發現我的人是敏赫。朋友們熱情問候我。而朋友中最不懂看人眼色的泰宇朝我擠眉弄眼，我心臟緊張得狂跳。

她精神奕奕地向在場的人打招呼。

「大家好。」

「這是我女友。」

看似平凡無奇的一句話，由我說來卻無比感慨，「這是我老婆」，總有一天會輪到我講這句話吧？一想到這裡我心底暗暗得意。原本等著我開口的她開了口。

「這是我男友。」

咦？她在開玩笑嗎……？

包括我在內，所有朋友都張口結舌，朋友老婆們爆笑，啊，原來是開玩笑，我們四個男人慢半拍才抓到笑點，連忙陪笑。

現場氣氛在尷尬的笑聲後重歸寂靜，泰宇對她說：

「我們常聽勝俊提起妳。」

她反問：

「是嗎？他說了什麼？」

泰宇頓時臉僵。唉，這個傻瓜……

「他說妳是很好的人。」

衝勁滿分但即興臺詞零分，泰宇創造了又一次尬笑場合，所幸擅長掌握氣氛的東延飛快地轉移話題。

「好啦，既然大家都到了，我們去跟基賢打招呼，順便和新娘拍照。」

「要拍照嗎？智秀的婚紗照太美了！」

「我也覺得。我好好奇她今天的婚紗是什麼樣子的！」

三位老婆聚在一起嘰嘰喳喳地說個不停，哈，這些聲音聽起來多麼美妙。

這時她開口說：

「我抽根菸再進去。」

「喔……喔，好。」

她的一句話讓氣氛陷入冰點，而當事人大步流星地走出大廳。她一離開，泰宇三人迫不及待開口：

「喂，她還會抽菸？」

「真不像話。」

「她以前不是很漂亮嗎？為什麼變成這樣了？」

「我還以為她是這裡的工作人員，哪有人穿那樣參加婚禮的？」

「你幹嘛和她交往？」

「對啊，你又不是條件不好。」

我很想一一反駁他們的話，卻心有餘而力不足。我只知道我丟臉得想挖洞躲起來，帶她來見朋友還是太勉強了嗎？不過我在這裡暴露此時此刻的想法，會更傷自尊，所以我故作冷靜地說：

「她和我約好會戒菸。」

當然是謊話。

「她穿成那樣不太合乎時宜，不過挺有自己的風格的？」

「沒錯，很像我們以前上學時功課好的聰明學姐。」

「很帥氣。」

三個老婆你一言我一語。雖然我不清楚她們說這些話是不是在安慰我。

「我先進會場坐。」

我沒心情和新娘拍照，逕自走向了婚禮會場。

「聰明什麼啦，她根本沒妳們講得那麼厲害，以後遇到這種女人，有多遠閃多遠，拒絕往來。」

我身後傳來東延訓誡老婆的聲音。

當我走進白色花朵布置的美麗會場，不禁嘆氣。今天似乎會成為我和她交往關係中重要的一天，她願意乖乖和我來到這種場合本身就是件不得了的大事。

不過我為什麼還是充滿遺憾？朋友夫妻們對她的客觀觀點帶來的影響比我想像中的大。我明知他們都是些蠢傢伙，但因為他們是個性和我最合的朋友，所以我很在意他們說的每一句話，而且我心裡老是拿她和打扮得漂亮得體的朋友老婆們做比較，導致不由自主地沮喪。

在新郎新娘的入場過程中，基賢每分每秒都帶著全世界最幸福的表情。對於那個表情，我隱約覺得反感。那傢伙很幸福，相形之下，貌似我很不幸。

對每對父母而言，世道危險，兒女能找到獨一無二的人生伴侶，與其步入結婚禮堂，無疑是父母最高興的事，也是兒女對父母能盡的最大孝道。在如此感動的瞬間，她真的一點感覺都沒有嗎？我不時偷覷她的表情，而她的表情始終沒變。

「他們真的太登對了。不覺得兩個人看起來特別幸福嗎？」

我假裝自言自語，她回答：

「是啊。」

這是我們的全部對話。

婚禮必不可缺的環節就是拍團體照。我們在拍照的時候，她又出去抽了根菸，恰好這次的喜宴不是自助餐式，是桌菜式，有一些不熟的人同桌吃飯反而好。我和朋友們坐在圓桌前，主餐排骨湯已經先上桌。

「哇，崔基賢那傢伙真的開心得要死吧。」

「看他能撐多久，科科。」

「智秀剛才哭了，我想到我結婚那時候了。」

「我先開動了。」

在我們閒聊婚禮種種細節時，她默默吃飯。當婚禮話題告一段落，桌上暫時恢復沉默，泰宇觀察她的神色後開口：

「恭喜妳和勝俊復合。」

「喔，謝謝。」

「你們很相配。」

「真的嗎？知道了。」

她回以意味深長的微妙笑容。什麼啊？這個回答是什麼意思？大家紛紛交換疑惑的視線，原本沉默的三位老婆把這股微妙的氣氛看在眼裡。

「勝俊四年前真的非常喜歡妳，妳知道吧？你們能復合，我們真的非常地祝福。」

敏赫那傢伙說謊話不眨眼。

「我那時也很喜歡他。」

她睜大眼說。她不是會特意配合當下氣氛說話的人，我肯定這句不是謊話，高興歸高興，我卻有股淡淡的苦澀。

「其實勝俊真的是最棒的新郎人選，我們一直以為他會是我們之中最早結婚的。」

「沒錯，沒錯。妳應該很清楚，他真的很體貼，現在萬事俱備，只欠東風，他存了很多結婚資金。」

朋友們你一言我一語自然地說出我事先拜託的臺詞。

「喔，是嗎？可是那是他的錢。」

「唉呦，說那什麼話，結了婚，那些錢都是弟妹妳的。啊，我剛才說弟妹了嗎？哈哈哈。」

「這樣下去，你們會不會下次見面就炸大家？」

大家一起笑著，我內心竊喜，偷偷觀察她的表情，好奇她會怎麼回答，她笑嘻嘻地說：

「我們的事情我們會自己決定。」

唉呦？我還以為她會暴跳如雷說自己是不婚主義者。這個回答出奇地平凡。

「喔？」

不僅是我，朋友們也和我想法一致，大家都開玩笑歡呼起來，氣氛變得融洽。

「不過這幾年不見，妳的穿衣風格變好多，頭髮也剪短了。」

「是的。」

「妳的五官非常好看，只要化點妝就會更好看。」

泰宇老婆在絕妙的時機開口。弟妹，幹得好！

「沒錯。化妝後一定非常漂亮。」

我卑鄙地趁機附和。我的女朋友很漂亮，很漂亮！聽到沒，這些傢伙！

「哈哈哈……」

我不清楚她內心真正的想法，她尷尬地打哈哈讓我鬆了口氣。情侶結伴出席婚禮使我的心情如履薄冰，不過只要能走過薄冰，這一刻的緊張算什麼，我一定扛得住。

「妳現在做什麼工作？」

「啊，我現在是自由工作者，想做出版編輯。」

「那妳在家也能工作，以後可以邊做家事邊顧孩子，真好！」

「喔，哈哈。」

比起擔心岌岌可危的氣氛，我更暗喜她聊這個話題的樣子。

從第一次見面到今天這一步，歷經多麼漫長的時間。我們第一次普信閣前集會的相遇、她房裡偷藏的粉紅色自慰用品、我在咖啡廳必須看女性主義的書，一路過來，我似乎逐步被拉進她的世界，而今天我終於憑藉一些意外的契機得以反轉，把她拉過了我原本生活的平凡世界的門檻。多虧此時此刻坐在這裡的朋友和他們的太太，我總算能喘過氣了，因為他們都是擁有我們同齡人的平凡認知的人。

一般人普遍的幸福認知就是結婚生子，我認為我有責任告訴她何謂平凡的日常，讓她脫離她現在每天在意的事情，像是墮胎、偷拍和性侵等的新聞報導，那些東西離她愈遠愈好。

「我們都過著幸福的婚姻生活，希望勝俊能早一天和我們一樣。」

「沒錯。今年夏天我們一起結伴去夫妻旅行了。」

東延老婆附和。

「我們想在差不多的時候生小孩，這樣小孩年紀差不多，可以像親兄弟姐妹一樣玩在一起。」

泰宇驕傲地看著自己老婆。

「你們今天來這裡，書妍怎麼辦？」

「拜託我媽照顧。」

「養孩子很累吧？」

「那還用說。而且我們兩個都要上班，幸好我媽住在附近，有她幫忙輕鬆很多。」

敏赫成熟地說，泰宇插嘴道：

「真羨慕你生女兒。」

泰宇老婆瞪了泰宇說：

「你這麼想生女兒嗎？可是我肚子裡的寶寶『小幸福』是兒子。」

「所以我明年要拚一個女兒，一定要生女兒才行……」

聽了泰宇的話，泰宇老婆吃驚問：

「你說什麼？你認真的？」

「怎樣，不行嗎？」

「哇嗚，你們夫妻感情好好呀。」

三對夫妻不約而同地笑著，一團和氣。

「唉……」

她突然間深深嘆氣，和現場氣氛突兀不搭。

我起先懷疑自己聽錯。當我確定我沒聽錯的時候，我心裡默默祈禱其他人沒聽到。可惜事與願違，那聲嘆氣大到正常人不可能沒聽到的地步，想當然耳，瞬間冷場。我急忙另起話題轉移大家的注意力，泰宇卻不願意放過發問的機會，說道：

「為什麼嘆氣？」

來者不善，百分百攻擊的語氣。她有些遲疑該不該回答。

拜託，不要說，什麼都不要說。

我使出全身力氣向她發送心電感應。失敗。她還是開了口說：

「生女兒也好，生兒子也好，生小孩的是太太。老大還沒出生就聊生老二，有點那個……不覺得奇怪嗎？」

事情大條了。泰宇惱怒地問自己老婆：

「親愛的，妳不想生嗎？妳不是也說過想生女兒？」

「啊，我是說過沒錯。」

泰宇老婆猶豫了片刻，貌似在挑選適當的詞彙，迴避泰宇的眼神最終鎖定了她，道：

「不過我現在有點害怕。我身邊朋友當媽媽的不多，有問題想問都找不到人問。而且懷孕真的不是件小事，我的口味改變了很多，真的太辛苦了，最近睡也睡不好。老公是幫了很多忙，但我還是得挺著大肚子去上班，這真的很累。」

「要是我能幫妳生我就會幫妳生！我真的很想幫妳生孩子。」

淪為守勢的泰宇只好亂放話，她卻不肯善罷干休，冷言還擊道：

「老公們真的希望自己可以生孩子？那既然老婆吃這麼多苦生小孩，以後養小孩的事，老公會全權負責吧？」

「哈，那種事我們夫妻會自己看著辦！」

「是的，兩位一定要好好商量。在這種場合決定這種事太輕率了。」

她乾脆做出結論。嚴格來說，她說得沒錯，只不過瀕臨爆發邊緣的泰宇豁出去了。

「聽說妳只想和勝俊交往，沒有結婚的打算。」

「什麼？」

她看了我一眼，無處轉移視線的我窘看向面前的排骨湯。

「妳從剛才就一直聊這些事，妳知道自己有點沒禮貌吧？」

「你們幾個不也一直給我們建議嗎？」

雙方僵持不下，泰宇並不打算讓步，而他老婆面如死灰。她無可奈何地開口：

「不是因為勝俊我才這樣，我本身是不婚主義者。」

出來了。「不婚」。

「那為什麼要和勝俊交往？」

「會交往當然是因為喜歡他。」

「妳是不是太不負責任了？」

「我從一開始就和勝俊說得很清楚。選擇是勝俊自己做的。」

這一刻我非常肯定新郎新娘的幸福婚禮，或是和琴瑟和鳴的夫妻同桌吃飯，都不曾影響到她。我那渺茫的希望都是一場空。四年前的她明明會夢想和我舉辦戶外婚禮。啊，煩死了，真的好無力，帶她到這裡的確是一大敗筆。最近我們之間的關係明明很好，泰宇那小子真的是……我也不知道怎麼辦了啦。

敏赫見氣氛緊張，連忙緩頰問：

「妳為什麼討厭結婚？和相愛的人生孩子、建立家庭是很幸福的事。」

「是的，相愛結婚的確有幸福的可能性。不過我不確定相愛就一定要結婚，對我的人生究竟是好是壞。說真的，婆家住得這麼近，站在太太的立場來看，一定會有不方便的地方。我們不能盲目認定結婚一定是好的，結婚一定是沒問題的。」

這次換敏赫皺眉。不出我所料，那小子把箭頭轉向自己老婆。

「老婆，我媽有讓妳覺得不方便的地方嗎？」

敏赫老婆遲疑後眼神閃爍地說：

「老實說，婆婆沒那麼好相處。」

敏赫接不了話，只能低頭沉默不語。

最後輪到東延開口說：

「氣氛怎麼變這麼奇怪。總之站在已婚人士的立場，我們聽到有人說自己不婚，心裡難免感到彆扭，好像我們做的是錯誤的選擇。有一點這種感覺，好像不婚是更合理、更進步的選擇。」

「不是那樣的，只是每個人追求的幸福不同罷了，再說，你們之前不是一直認為不婚人士一定是哪裡有毛病，是吧？」

糟糕，連東延也中箭，不過那傢伙沒因此皺眉不悅，和她繼續聊著。

「話是這樣說沒錯，但妳說妳喜歡勝俊，也就是說你們繼續交往下去，妳也有可能改變想法吧？」

「我和他的問題不在這裡。」

「那如果勝俊真的考慮結婚問題，很喜歡妳但不得已得分手，妳會怎麼做？」

「喂，夠了！」

朋友們和她的對話始終讓我如坐針氈，就在這一刻我再也忍不住開口。我承認我想中止這段即將達到高潮的無用對話，但我也不否認有部分原因是因為我猜得到她的答案。因為她，我已經丟臉好幾年，不能重蹈覆轍。朋友和他們的太太都在場，我不想聽見那個答案。

東延面有慍色，聳聳肩閉嘴。她冷靜地看向我。

「兄弟，謝謝你們來喝喜酒！這裡的氣氛怎麼這樣？」

雪上加霜。好死不死，基賢夫妻穿著高雅韓服登場。多虧如此，大家收起臭臉，齊聲祝福今天的婚禮主角，和新人聊起蜜月旅行計畫、新娘的婚紗、今天穿的韓服和婚禮上新郎親自演唱的婚禮祝歌等婚禮話題。

基賢夫妻移步去向別桌賓客打招呼後，我們這一桌又安靜下來，沒人嘗試開啟新話題。在冷颼颼的氣氛中，婚禮畫下了句點。

我和泰宇他們告別。我們一離開結婚會場，她下一秒就掏出香菸，我忍不住用力抓住她的手臂。

「不要在這裡抽，先離開。」

「為什麼？」

「先跟我走就對了。」

我不顧一切地拉她走向停車場，作手勢要她上車，她擺手說：

「我要抽菸，你先上車等。」

唉，愛抽成這樣根本是吸菸成癮，我搖搖頭上車。

一大堆激動的訊息浮現在我的手機螢幕上。

喂，金勝俊你這個神經病，你條件哪裡不如人，要和那種女人交往？

要不是她是女的，我真想扁她。

馬上分手，我替你安排相親。

她口口聲聲說不想結婚，不就是隨時準備要跟別的男人跑？

我老婆什麼事都沒做，她幹嘛找麻煩？

喂，我老婆說我要感謝她願意嫁給我。拜託，是誰在賺錢養家？

唉，真要命，光看這些訊息，我的頭就一陣陣抽痛。

這時她坐上副駕駛座，我匆忙按掉手機。

「要去哪裡？咖啡廳？」

我語帶嘆息說。其實我並不打算暴露我的不愉快，但真的是藏也藏不住。她呆看著我的側臉說：

「約我一起出席婚禮的是你，我不清楚你對我出席婚禮抱著多大的期待。」

我當然有所期待，而我期待的事情一樣都沒實現，不僅如此，還當眾丟人現眼。我盡量裝出不在意地說：

「妳一定要做到這種地步嗎？他們是我的朋友，不是壞人。他們正在努力學習怎麼當個好老公。他們的壓力也很大。這就是人生。」

「對，每個人都有每個人的難處，我知道，你要說到什麼時候？」

她的平靜更讓人生氣。

「我真的很難過，我說我真的因為妳非常難過，妳知道嗎？換成其他男人早就對妳發脾氣了。」

「所以？要我讚美你嗎？你現在這樣不是發脾氣是什麼？」

哈，真的是……

「我喜歡妳，所以不斷在努力，但妳一點都沒變。」

「我要改變才行嗎？還有你做了什麼努力？」

又、又，又開始算帳了，我頭痛鬱悶得不想說話，發出煩躁的呻吟聲。

「妳夠了吧，不要再這樣了，好嗎？」

「不要再哪樣？」

「妳明知故問？離經叛道、耍叛逆、激進女性主義者、女性主義！我真的受夠了！」

今天一天下來，不，是我和她交往的這段時間累積的怒火轉瞬爆發。她看著我，眼神沒有絲毫的動搖。

「你不要搞錯了，那些不是我說不做就不做的，我絕對不會回到過去的我。」

事到如今，她才斷然扼殺我耗盡心力的長久努力和希望，並且殘酷地踐踏它。

我太生氣了。我是一個不錯的男人，我也真心地喜歡妳，努力地想說服妳，妳明明也喜歡我，為什麼妳就是不肯改變？把人逼瘋也得有個分寸。

「妳好像誤會了自己的辭職，妳以為那樣做很偉大嗎？妳以為這個世界有那麼容易改變嗎？我告訴妳這個世界是不會變的！」

「至少我要改變自己。」

我真的對她的死鴨子嘴硬超級厭煩。

「妳沒有喜歡我到要和我結婚的地步，是嗎？我要怎麼做才好？真的要我變成女性主義者嗎？天底下沒有那種男人。我人已經夠好，條件也不差，妳知道嗎？」

「我說過我們之間的問題不在於條件，你真的沒在聽別人說話的嗎？」

「是因為妳爸媽離婚，妳才變成這樣的嗎？哪有父母離婚，兒女也一定會離婚的道理？」

話題失控，完全超展開。

「金勝俊你講話小心一點。」

「我是因為太鬱悶才這樣，我超悶！到底我們的問題是什麼？到底是什麼問題嚴重到讓妳放棄結婚？」

「我不是放棄結婚，我是選擇了我想要過的人生！」

她煩悶地回答。

聽到這句話的瞬間，我再也沒話好說。我終於領悟到不管我說任何話、做任何事情都沒用的事實。這個領悟來得太晚。

「妳真自私。」

我想不到任何話反駁她，下意識吐出腦海浮現的話。她強笑，一股腦說出忍耐許久的話。

「你自以為非常浪漫又溫柔吧？你愛人的方式、疼愛人的方式、對待女人的方式、看似守護實則管束人的方式、遵守社會規範的人前打扮，我一直告訴你我不想要那些，是你單方面不停地強迫我接受你的方式，不是嗎？你知道那有多讓我喘不過氣嗎？自私的到底是誰？」

「好，我知道了，等妳以後變成獨居老人悲慘死去，妳一定會後悔。」

我失去理智，口不擇言。

「今天先分開再說，我走了。」

縱使我們吵成這樣，她仍然不見一絲動搖，冷靜地決定下車。我應該追下車或是打電話叫她站住，但我沒那樣做。我真心地想結束這一切。

雖然她說的是「今天分開吧」，但會不會其實是「我們分手吧」的意思？是她先提分手？那我不用付她一百萬元也可以吧？一大堆無關緊要的念頭盤旋在我腦海中。

我苦笑坐在駕駛座握緊方向盤。和她在一起的幾個月，我到底在幹嘛？

陽光燦爛的週末，無處可去，無事可做，獨自待著的我。

基賢的婚禮鬧成那樣，我不能叫朋友出來打發時間，而且我現在也不想見那些傢伙。在超想喝酒沒酒友的情況下，我只能無奈地回家，

老媽安靜尾隨我進房後說：

「你老爸今天回大邱。聽說昌成叔叔的小兒子結婚。人家不過二十五歲，

竟然已經娶老婆？好像是把人家小姐的肚子搞大了，哎，這年頭真是世風日下，是吧？」

「是……」

老媽的嫉妒表情和欣羨語氣擺明了這番話的關鍵不在於「世風日下」，而是她衷心希望我能世風日下。我不是不懂老媽的言下之意，卻沒力氣頂嘴，隨口敷衍過去。

「搞不好他明天回來會嘮叨你，小子，你先出門避風頭。週末去約會，知道嗎？」

「好，知道了。」

其實我什麼都不知道，不過是口頭應應。

無數張臉龐在我的腦海中盤旋。因為她的話而張口結舌的朋友們、在車裡對我說出那番話的她、咄咄逼人的老爸。我躺在床上發呆，然後走出房間喊了老媽：

「老媽，妳之前說的……」

14 再次，在光化門

「您好。」

今天是各種相親聯誼活動最熱門的日子——聖誕節前一週的週末，而我去和老爸熟人的女兒見面，不，應該說是相親才對。聽說對方是個外貌出眾的女性。

雖然是我自己一氣之下答應的相親，其實我有些後悔。第一個後悔的原因是照片。由於是老爸老媽牽線，所以事先要對方的照片是不禮貌的，因為老爸老媽看的是那戶人家女兒的人品，怎麼可以事先要照片。再說，如果我看了照片，覺得外貌不是我的菜，我又不能直接取消見面。

第二個後悔的原因是，決定見面場所的時候，對方指定在光化門見面。對方表示那附近沒有特別想去的地方，不過那天得參加一個婚禮，婚禮結束直接過去比較方便。我又不能說：「我對光化門有不好的回憶，不想去那裡。」

這段時間，她無消無息。

基賢婚禮那天是我們的結束。雖然她那天是說「先分開再說」，但如我所料，倘若我不先聯絡，她也決計不會聯絡我。另一個我確信我們分手的理由是，婚禮的隔天，她把之前我借她的電腦修理費全額匯入我的銀行帳戶，她沒發「我匯錢了」、「把這筆錢當作我們關係的句點」這類訊息，只是靜靜地匯款了。

從各方面嚴格來說，我們的關係中剩下的債務不僅如此，我甚至想過是不是拿一百萬當成聯絡的藉口。可是這種藉口在曖昧熱戀時很有情趣，如今不然。話說回來，她沒先提起這件事，看來她真的不是藉機訛騙我，募款詐財。

到了最後，她仍然是一個奇怪的女人。我竭盡全力地想改變她，終究落得在朋友面前丟人現眼的下場，而她一點都沒變。正因為她始終如一，導致我想像不出我們的未來，痛下決定整理掉這段關係。愛情是不能強迫的，牛不喝水難道能強按頭？

話說回來，既然注定會後悔，做了之後再後悔更好。幹得好。以後停止妄想吧，別再想讓「激進女性主義者」社會化。光是領悟到這件事我已是受益良多，是吧？

「啊，您好。」

反正今天是我和相親女約好在光化門站附近見面的日子。人生第一次不交換相親照的相親，不知道我能不能在這麼多人中找到對方。講真的，靠著一句「我穿著黑色套裝」，互相尋找對方的過程別有一番樂趣。

因為我對外貌不抱期待，見面反倒眼睛一亮，覺得對方比想像得漂亮。其實僅僅是看到對方長髮、化妝、穿裙子就足以令我感恩戴德，這是我和她交往幾個月僅剩的意義嗎？

我和相親女並肩走在去預約餐廳的路上，進行著尷尬的對話。相親女是比我小三歲的上班族。

「不知道是不是因為是長輩介紹的相親，有點尷尬呢。」

「我也有點尷尬，不過這樣彼此對身家背景都有個底，很安全也不錯。」

相親女成熟地回答。

居然說「安全」，聽到這個詞我大吃一驚，心臟撲通亂跳，難道她過去也有過被「瘋子們」糾纏的經驗，一想到此，我的呼吸變得急促。

「我想以結婚為前提交往，談一場認真的戀愛。」

所幸她接下來的話仿若一顆定心丸，安撫了我的不安。沒錯，就是這個，這裡才是我原本生活的世界。

鄰近年底，週末的光化門附近人潮擁擠，我訂了一家靠近光化門大門的義大利餐廳。那裡燈光美氣氛佳，加上餐點美味，我相當滿意我的選擇。事先做好功課是有價值的。

在我和相親女聊天的過程中，我我感覺到她是一個非常女性化的人。興趣是料理和餵食親朋好友、會配合我的玩笑掩嘴輕笑、有經濟理財觀念、賺錢生存能力不錯、可愛、相處起來舒服，缺點是少了一些知性和性感。

和這種女性結婚，一起規劃彼此的未來，一切是如此自然，不勉強，不辛苦，和我前一段處處碰壁的戀愛有著天壤之別。

我和相親女非常合得來，結束用餐後，按約會慣例，買單理所當然由身為男性的我負責，相親女乖巧地謝謝我的招待。

「咖啡由我請，附近有我常去的咖啡廳，如果你願意的話……」

「好哇，謝謝。有人請當然要喝。」

相親女看起來也非常滿意我，我放鬆地跟在相親女身後，看著前方纖細的背影，不知道和相親女做愛的時候會是什麼感覺。我不是刻意想這種事，不過是意識流自然地發展而已。

就在這時我看到前方聚集的人群，人聲鼎沸，道路也被管制了。

「看來今天有示威活動？」

「啊，好像是呢。」

今天竟然也有示威，聽到就煩，看來不是太極旗集會，就是墮胎示威，要不就是偷拍示威吧。那些示威者真的是吃飽沒事幹。我出神之際，某處傳來了高亢的女聲。

「把加害者送進監獄，讓受害者回到日常生活！」

「不知道今天在示威什麼？」

「喔，好像是那個被指控 MeToo 的政客……幾天前被無罪釋放才這樣的吧。」

我想起了搜索網路上出現過的新聞標題。我沒有細讀相關新聞，一方面是因為這禮拜太忙了，一方面是因為不再有對我詳細說明事件來龍去脈的人。

「人好多……」

對面湧來的人潮與我們擦肩而過，我看向示威集會現場。

高個子的女人、矮個子的女人、臉大的女人、臉小的女人、綁頭髮的女人、披散頭髮的女人、年紀大的女人、年紀小的女人。示威群眾裡無數的女性示威者高呼口號。

「庇護性侵犯的司法部也是共犯！」

「不能再忍耐了。粉碎吧！」

就在那瞬間，我發現了——走在示威隊伍裡，高喊口號的她。

人太多，行進的步伐太急。如果有人問我是不是百分百確定是她，我不敢斷言，可是我莫名直覺那個人就是她。她在那裡。

又不是大不了的事，她會在這種活動出現，天經地義。沒錯。這一點都不值得驚訝。不過我的心臟和我的大腦想的不同，瘋狂地跳動著。

我傻站在原地看得出神，在我前方的相親女高聲說：

「那個，咖啡廳到了。」

「啊……」

「要進去嗎？」

不知道為何我邁不開腳步也開不了口，只能呆呆地望著相親女，唇膏流行色、眼妝腮紅，幾近完美的妝容。

「怎麼了嗎？」

相親女疑惑地問。

不久後，我跟著相親女進入咖啡廳，打定主意不理會外面發生什麼事、不理會那些女人們、不理會她在參加什麼樣的示威，因為那些事打從一開始就與我無關。不關我的事。

相親女對眼神呆滯的我說：

「你的朋友應該很多都結婚了吧？」

「是的，我要好的高中同學全都結了，只剩我。」

其實從上次的基賢婚禮後，我所有的朋友都經歷了史上最嚴重的夫妻吵架。由於我是整起事件的始作俑者，所以我們的聊天室裡安靜了一段時間。繼「正義魔人」之後，我獲得了「激進女性主義者的男友」的不名譽外號。

經我屢次喊冤，「我已經分手了，放過我吧」，那些傢伙心情才變好一些，但後續影響不容小覷是事實。據說東延老婆重新考慮要不要懷第二胎、敏赫老婆要求下次年節先回娘家，還有泰宇老婆要求泰宇分擔家務。

「所以大家才說不能接近那些女人，不管是激進女性主義者或女性主義者都不行！」

泰宇近乎鬼哭神號地抱怨，而所有人深有同感。

「究竟發生了什麼事？」

基賢看到泰宇的抱怨，覺得搞笑卻又狀況外。

「你想去哪裡蜜月旅行？」

我應該要專注眼前才對，怎麼老是胡思亂想。這次也是相親女先發問。

「啊，我想去夏威夷。慧英妳呢？」

「夏威夷當然好！我覺得東南亞也不錯，或者是歐洲？」

「聽說去歐洲蜜月旅行很累。」

「也是，籌備婚禮就夠累了，躺在別墅休息度假好像也很好。」

哈哈哈，呵呵呵，我們笑得一團和氣，可是我心情莫名空虛。示威還在進行嗎？結束了嗎？她回家了嗎？

就算我不想在意，就算我不想去想，就算符合我一切擇偶條件的相親女正坐在我的眼前，我依舊魂不守舍。我真的快瘋了，所以說相親地點定在光化門真是大錯特錯。金勝俊，看你下次還敢不敢來。光化門。

「我去一趟洗手間。」

相親女離開座位。她該不會是發現我的分心了吧？這場相親連父母都下海了，打起精神，金勝俊。

我習慣性拿出手機，「光化門示威」登上了熱門搜索關鍵字排行榜第一名。我好奇點進去，接著看到了新聞快報標題「女性示威者和路過男性起衝突，遭男性施暴」。

施暴？什麼叫施暴？

我的心怦怦直跳，不自覺地焦慮起身。她就是那種別人說一句頂十句的人。這樣說很不應該，但她無庸置疑很值得被揍。嘿，不會吧，不會是她吧……所以我叫她不要再參加那種活動的時候，她就應該要聽話才對，不對，她現在和我已經是分道揚鑣的陌路人，不不，就算這樣……

突然好混亂。我臉色蒼白地看著手機，站也不是坐也不是，就在這時，相親女回來了。

「要走了嗎？」

「啊，好的……」

我順水推舟地站起。

「不過你發生什麼不好的事情嗎？」

相親女小心翼翼地問。那應該是她盡全力保持禮貌的提問。

「啊，其實我朋友最近情況不好，我好像得去幫他。很抱歉。」

我胡說八道一通，就連我自己也不知道自己在說什麼。

「啊，這樣啊，那……」

「我回頭再聯絡妳。」

我們在咖啡廳客氣地告別。我一送走相親女就衝動地撥出電話，同時跑向示威地點。手機鈴聲響了十幾聲、二十幾聲，她始終沒接電話。我跑了一陣子，不知道是不是因為新聞大肆報導的關係，政府下令中止示威活動，驅散民眾，以至於街道盡頭一個人都沒有。我看到的只有正在收隊的警察，沒有打架的人和被打的女人。我四處都找不到她的蹤影，不知道她需不需要我的幫助和我的保護。

我振作精神重新打給她——那個我分手兩次的女朋友。在我連打五通電話後，我再次狂奔了起來，我並不知道自己在做什麼。

我氣喘吁吁地撐著膝蓋停下腳步，調整呼吸，真是白忙一場，直接回家算了，我開始擔心起相親女回家不知道會怎麼對她的父母說。

手機訊息提示音在此刻響起。

什麼事？

是她。

我內心糾結。

該不該回她？該回她什麼……？我閉上眼睛苦惱，按下鍵盤。

妳在哪裡？

你問這個幹嘛？

妳沒受傷吧？

我看到新聞，很擔心妳。

我很好。

那就好。

我們快速的訊息來回就把該說的話說完了，她沒事真是太好了，以後她真的不再是我該關心的人，我好像太多管閒事了，這次的意外讓我再次確認我們結束的事實，不過……

妳不要一百萬了嗎？

猶豫片刻後我發出訊息，活像是個錢太多花不完的有錢人。

要給你我的銀行帳號嗎？

這個回答很像她，我不是時候地笑出。

我只接受面對面交易。

我故作輕鬆地拋出最後底牌。

那你自己留著吧。

回訊仍舊銅牆鐵壁。

好。保重。好像該做結尾了。苦惱著該打什麼內容好的我，最後發出了這樣的訊息。

我們就這樣結束了嗎？

在我們的關係中，我果然是負責打死不退、苦苦糾纏的角色。那又怎樣，從一開始就是這樣，我沒必要到現在才感到丟臉。

這是預料中的事，不是嗎？

最後一起喝杯啤酒吧。妳是不是在光化門附近？

……

記得那時候的炸雞店嗎？我發地址給妳，妳過來吧。我想跟妳道歉。

就這樣我單方面邀約她後獨自前往炸雞店。在走向炸雞店的路上，悶到不行的我順道買了一盒香菸，太久沒抽菸，不知道該買哪個牌子好，我買了她平常愛抽的牌子。依她的性格似乎不可能赴約？我現在就是所謂的瞎忙嗎？

「兩個人。先給我一瓶啤酒和一隻炸雞。」

不知道是緊張還是飢餓之故，我一坐進炸雞店立刻灌啤酒。我想起幾個月前的夏天，也就是我們第一次到這家店的那一天。仔細算下來，那也不過是不久之前，為何我覺得如此漫長。我乾了一杯啤酒後環顧四周，店裡全是成雙成對的情侶和團體客人，我陷入了沉思。

「您點的炸雞。」

炸雞比預期的更快上桌，啊，這樣下去，我真的會淪落為一個人到炸雞店吃炸雞配啤酒，然後悲慘回家的下場。縱使心慌意亂，那熱氣騰騰、美味誘人的炸雞和濃濃的炸雞香太誘人了，我的手慢慢地伸向桌上的大雞腿。

這時令人不敢置信地，她出現在我眼前。

穿著寬鬆的拉鍊連帽衫，配褲子運動鞋，加上她一貫的無表情。

再次見到她，我的心臟發瘋般狂跳，我因欣喜和驚訝睜大了眼，她說：

「道歉吧。」

個性真急。

「喔，妳來啦？」

我裝傻作手勢讓她坐在我對面才開口說：

「對不起，上次我不應該說那種話。」

她對送來餐具的店員加點一杯啤酒。她的屁股半坐在椅子前緣一副少惹我的樣子，活像是來討債的。

「好，一百萬呢？」

「可以分期付款嗎？」

「為什麼改口了？」

她的眼神既可怕又可愛，我忍不住笑出來。

「我們邊吃炸雞邊討論這件事吧。」

我臨機應變地遞出我手上的那隻大雞腿。

正好啤酒也送到。她啃著雞腿配啤酒，我盯著她看，突然產生好奇。

「妳為什麼想收一百萬元？」

「我也不知道，因為需要藉口。」

「藉口？」

她瞪了我後繼續說。

「分期就分期吧。我會給你偷拍受害者的募款帳戶，一個月匯十萬，匯十個月，知道了嗎？算了，既然要捐款，你捐一年吧。」

「什麼？」

「一定要匯。我可以相信你吧？」

「喔，知道了。就算我們變成這樣，妳還是很做自己……」

她笑出來，手上的啤酒杯晃動，啤酒順著她袖子流下去，我發現她的手上有奇怪的瘀青。

「那是什麼？」

她的表情頓時僵硬，急忙拉長袖子遮掩。

「說啊，那是什麼？」

我看出她在想藉口敷衍我，於是刻意擺出嚴肅神情，盯著她的雙眼。因為她是不擅長說謊的性格。

最後她不情願地開口說：

「我說謊了。我剛才想阻止那些動粗的男人，結果連我也被打。」
她過於平靜的語氣，讓我懷疑自己是不是聽錯了。
「他們剛才抓住我，打我的頭，幸虧警察很快趕到，有很多人傷得比我嚴重。那些混帳全都被抓了，不知道下場會怎樣。一定會被警察教訓的吧。可惡。想到就火大。」
我過於震驚，張嘴說不出話。我有股想擁抱她的衝動卻辦不到，只能改握住她的手，替她檢查傷勢。就像她說的，她手腕的瘀青似乎是被大力拉扯造成的扭傷。
「妳不害怕嗎？」
「當然害怕。我們被罵得超慘！婊子，婊子，還被罵了你最喜歡說的話，罵我們是激進女性主義者。」
「……」
「就這樣回家，心情有點不爽，所以我才來這裡，其實見到你我也滿煩的。」

她垂下眼說。她的模樣引起我心中莫名的情緒湧動，我分不清楚那是憤怒抑或鬱悶。

「喂，那妳剛才為什麼裝沒事？」

「不然能怎樣。本來就是我自己該負責的事。」

她不當一回事地說完，咕嚕嚕喝了一大口啤酒。這張從一開始就令我陌生的臉。該怎麼說好？她總是令我吃驚。

「雖然我不知道這些事是不是和我無關了，但我希望妳能保重身體，不要受傷。我真的希望妳不要再受傷了。」

「你還是這麼愛說這些老掉牙的臺詞，我說過不是我什麼都不做，傷口就會自然好起來。」

她拿出手機按了幾個按鍵後，遞到我眼前。

手機的記事本有幾行整整齊齊的字。

二〇一六年一月八日，江南，強迫參加聚餐和續攤。

二〇一六年二月二十七日。日山，強迫參加聚餐，品頭論足。
二〇一六年三月十一日，新村，強迫參加聚餐和KTV，摸肩摸頭。
二〇一六年五月十一日，弘大，強迫參加聚餐，摸手，一夜情話題。
二〇一六年七月……
……

「這是什麼？」
「只是隨便寫下來的。」
她低頭擺弄著手，我愣看著她。遲來的醒悟。該不會是那個混帳作家對她做過的事吧？
「妳把這些記下來，有什麼打算？」
「沒有打算。」
我看到她苦澀的笑容，忍不住重新細讀記事本的內容。從時間看來，事情已經過了很久，但對她來說，一切宛如昨日清晰。也就是說，這些事帶給她的傷害太大了，大到當事人想忘都忘不掉。

「其實上次我和那些辭職的前輩聊過這件事，大家都有類似的經驗，甚至有前輩哭著說，在我離開出版社後，她非常難受，那時候沒能安慰我，感到很抱歉。」

「靠！他是慣犯。混帳東西。」

「我們分享各自的經驗時，有一個前輩提起，我們是不是就這樣睜一隻眼閉一隻眼算了？還是大家一起揭發這件事？」

「所以妳們決定公開嗎？妳們承擔得起後果嗎？」

「老實說，我們也不知道。」

「妳很清楚那傢伙，還有你們出版社是什麼態度。公開之後一定會有不清楚前因後果的酸民抨擊。」

「的確很可怕。」

「妳一定要這樣做嗎？妳那些前輩決定要揭發是她們的事，妳有必要加入她們的行列嗎？」

我著急追問，她沉默微笑，那個微笑依稀給了我回答，我和她交往時最害怕的事情，終究發生了，且正在發生。我想起她曾問我，她懷疑是不是只有自己不正常，飽受折磨而哭泣的模樣。

「妳以前真的只是個平凡的女孩。喜歡看書、看電影、看話劇。是個不懂世事，無憂無慮的女孩。」

「我也以為我會一直是那樣。」

「究竟發生過什麼事？」

她聳肩苦笑。

「你還不懂嗎？這讓我想起我喜歡的一句話。如果不解釋就不懂的事，即使解釋了也不會懂。」

她只肯說到這裡。

對她來說，如此理所當然的事，為什麼我們男人搞不懂？這是所有問題的悲劇。而我們男人活到現在從沒嘗試去了解，大多抱持這種想法。

「男人只會說自己過得更辛苦，花力氣的事情都丟給男人做。」

她說。

「嗯。我今天閉嘴吧。」

我正經八百地做出閉嘴的手勢，惹得她露出苦笑，一口氣灌下啤酒。

「我是不是很討人厭？」

我問。

「你確實讓我很煩，這些不全然是你的錯，你只是沒好好思考過，單純順應環境，過自己的生活罷了……那是你一直以來的價值觀，僅是如此。」

「妳和我交往真的是因為喜歡我嗎？」

「不喜歡的話，我幹嘛跟你這種瘋子交往？」

「啊，是是是，我是有點瘋。」

在這種地方爭取自尊有何意義，我稍微地迎合了她的話。

「以後和別的男人交往，我一定會注意對方是不是韓男。通常深入了解對方之後，我對男性的好感就會慢慢不見，不過你是我以前就喜歡過的人，所以……感情這種東西真可笑。」

「原來如此。」

「我也搞不懂了，總之我是真心喜歡過你，雖然我還是不知道和你復合是對是錯。」

「我很高興我們能復合。」

其實在今天中午之前，我的想法完全不是這樣的。誰想得到這種話竟然出自我的口中。很高興？像個天真的傢伙一樣說什麼高興。也不是啦。我們還是有過很多開心的時間。和她復合治癒了我的感情冷感，讓我了解不是有愛就什麼都行得通，也讓我明白原來我所知道的事情未必是全部……

「其實我明年年初要出國。」

她若無其事地說。

「什麼？去哪裡？」

「冰島。」

「這麼突然？」

「我朋友在那邊念書。不久前冰島墮胎合法化了，我想去當地取材寫書，想知道那裡的人付出哪些努力才辦到這件事，想知道這件事對那個國家的二、三十歲女性有何意義。雖然我也不知道能不能順利出書。」

提起這個話題的她，眼神閃閃發亮。

「妳之前的企畫案就是這個嗎？」

我這才想起先前她在咖啡廳工作，我在看書時她說過的話。明明是不久之前的事，如今想起來卻如此遙遠。當時我不知道她有這種計畫還糾纏她去一起旅行。原來我們從那時候就已經看著不同的方向。

「哇，真了不起。很帥氣。」

「一定會很辛苦的。說不定事情不如我想的順利。我得動用全部的離職金，不知道以後會變成怎樣。說不定應驗某人的話，我會變成獨居老人死去。」

因為她的話，我心中一角立時崩塌，幸好她還能把我的氣話當成玩笑話。嗚嗚。我難為情地笑了。

「不過說真的，妳想到未來不覺得可怕嗎？沒有老公沒有小孩真的不會孤單嗎？」

「我也不知道自己會不會孤單，不過沒有老公和小孩，我還有自己。」

說什麼有自己……她的話讓我的心情變得複雜。

「我知道我突然說這些很怪。我實在很茫然，不知道該怎麼生活下去？家裡催婚，我還問過朋友們為什麼要結婚？但妳知道結論是什麼嗎？他們告訴我結婚不會改變任何事情。因為這些話，我偶爾也懷疑自己活著的意義？」

「現在不清楚，慢慢地想清楚你真正想要的是什麼，不是別人想要的，是你自己想要的。」

「可是這不容易。」

「是啊，很難。」

看著她嚴肅點頭的臉龐，我承認就這樣分手很可惜。她是多麼帥氣的人，我和她在一起的時候只會在意她的頭髮是長或短，她有沒有化妝。事到如今，我才醒悟我的心聲——我真的能放棄眼前的她嗎？

「即使我們繼續交往下去，不管我說破嘴要妳不要去冰島，妳還是會去的，對吧？」

「當然了。就像你去美國一樣，我的離開勢在必行。」

她爽快答。

「那如果我提分手呢？」

「那我只能尊重你的意願。」

明知不好笑，我們卻一起笑起來。

炸雞幾乎沒有減少，不過我們面前多了四杯空啤酒杯。

「該走了。」

她說。我點頭起身結帳。

當我走出炸雞店，她一如往常地在抽菸。或許因為這是最後一次看到她這種模樣，我的心情很微妙。

「現在才問這個太遲了，不過四年前我去美國的時候，妳有來機場嗎？」

「什麼意思？我沒去。」

「沒有對吧？其實我很猶豫要不要問這個。」

「怎麼了？」

「那天我在機場看到很像妳的人，想知道是不是真的……是啊，我心裡隱約知道不是……很想留下這個美麗的謎團，結果還是忍不住揭曉謎底。」

她噗哧一笑。

「看來你很想我？」

「我確實很想妳。」

「可惜那個人不是我，我也不知道她是誰，一切只說明了你那時候很想我。」

她用腳踩熄抽完的香菸菸頭。

「保重。」

「嗯。祝妳的冰島之行一路順風，一切順利，不要被打也不要受傷，知道嗎？」

「想太多，你自己好好保重吧。」

她留下這句話，大步地走進黑夜裡，消失。

我回家後發訊給相親女，「平安到家了嗎？」，幸好她回了標準答案「到家了，因為你吃了一頓愉快的晚餐，晚安」。

幾天後，我透過老爸得到了「令郎人太好了，我高攀不上，希望他能遇到更好的人」的消息，老爸念了一句「你到底會不會做人，把事情搞成這樣」。唯一慶幸的是，最近老爸的健檢報告顯示他的血壓和膽固醇數值變好很多。

就這樣我重返單身，平凡地度過聖誕節和年末，迎來新年。

尾聲

在她和前同事們發表的共同具名告發文中，由於涉及知名作家黑幕，引發軒然大波。作家宣稱無事實根據，將訴諸法律行動，提起妨害名譽告訴，成了社會大眾關注焦點，人們意見大致分為兩派。

「花蛇」、「單戀」、「誣告」和「捏造事實」各種言論讓我很難受，但也有不同的內容。

——我是大型書店的店員，這位作家本來就因為這種事而出名。

——我參加過這位作家的活動，活動結束後我向他要簽名，結果他光明正大地撩我，我嚇了一大跳。

——我在私下場合碰過他。他好像很自戀，自以為沒有把不到的妹。醒醒吧，大叔。

我超爽。開瑪莎拉蒂就很跩嗎？

為了讓更多人看到這些流言，我努力地按下贊同符號，可是貼文回覆數總是被「要聽雙方的說詞，在客觀結果出來之前，不要隨便批判論斷」之類的留言超越。

無論如何，那位作家似乎受到這種爭論的影響，電視出演和參加講座的頻率大減，原先準備出版的新書無限延期。事情鬧上了法院，既累人又麻煩，但這也算是一種成果。我非常想發訊恭喜她，不過曾說過「妳避開這一切是因為這些都太過骯髒，而不是因為害怕」的前男友發來的祝福，想著就可笑，所以我忍住了。

而我的群組聊天室出現這些訊息。

喂，你們看到那篇報導了沒？我是那位作家的忠實粉絲。又聰明又有錢的人幹嘛糾纏那些出版社的醜女人？

哈，這些臭小子什麼都不知道，我一氣之下打了「喂，你們搞不清楚狀況就閉嘴」，大拇指按下傳送鍵之前，我停下了動作。我本來就因為他們亂喊「正義魔人」、「激進女性主義者男友」而心累。我對這些傢伙說這些話有什麼用？他們這些不知天高地厚的傢伙一定會反彈，最後一切會以我被群起圍攻收場。再說了，要是我因為和她有關的事太過激動，說不準會露出馬腳，那這些傢伙又會……

最後我關上了群組聊天室視窗，無意義地查看她的通訊軟體個人檔案，想知道她有沒有更新照片或是新的狀態訊息。我知道我很窩囊，那又怎樣。

而我看到她的狀態訊息更新了。

「出發冰島，D－7」

她真的要去啊。如果她繼續留在韓國，這陣子一定會有很多煩心的事，出國也好，我不經意地看了日期，那天不正是老爸老媽參加旅行社夫妻同行旅遊回來的日子？

這是命運的玩笑嗎？既然如此，我就應該要配合天時地利。我突然間開啟了孝子模式，一反常態，叫老爸老媽不要搭機場巴士回家，我會親自接機。

那一天到來。我比老爸老媽的班機落地時間更早到了機場，明明沒有要見的人，我莫名地在意身邊來往的人群，甚至跑到出境樓層，徘徊在密密麻麻的班機出發時刻表前。

有仁川到冰島的直飛航班嗎？我上網搜尋，似乎是沒有，那我豈不是永遠無法知道她從仁川去哪個國家轉機、究竟搭幾點的飛機。也是。知道要幹嘛？

假如我們真的在機場碰到，那也是個問題。站在她的立場來說，我應該就像是個令人頭皮發麻的跟蹤狂吧？哪怕我解釋是因為今天老爸老媽回國，真的是因為這樣才來機場，聽起來依然像是狡辯。

我整理了複雜的情緒，決定去咖啡廳看書，等老爸老媽班機落地。

我從家裡帶來的書是，過去她負責編輯、強制我閱讀的《外貌協會》。

如果說和她最後一次見面後，我的心態多少有所轉變，那是騙人的。我只是很久沒看這本書，既然都開始看了就把書看完，所以才常常帶著這本書出門，有空就翻一下，我也不知道用這種閱讀速度和頻率，稱不稱得上閱讀。

我不時分心，看看手機，看看來往的路人，東摸西摸。我會這樣並不是因為我沒有閱讀習慣，突然要長時間閱讀的緣故，是因為我天生散漫，而且機場又不是我平常會來的地方，難免感到新鮮，在這裡最吸引我視線的就是穿制服的空服員、金髮外國女郎、因旅行而雀躍的女人、短髮女人、長髮女人、穿夾克的女人、穿大衣的女人、戴帽子的女人……附近真的好多女人走來走去。

都不是她。

明知如此，我仍免不了傷心。毫無對策，只能徒然想念她的我，是因為來到這個有零點零零一機率可能會遇到她的地方嗎？用我知道的詩句打比喻的話，所有的女人都是她，全是她，其他女人的模樣反覆地消逝。

機場不愧是個奇怪的地方，我凝神傾聽像是背景音樂般的廣播聲，企圖轉移思緒，仍停不下對她的思念，像是逃避般，我把臉埋進了雙手之間。

我想起五年前分手前一晚，她那握緊我的手的天真臉龐，也想起在鐘路市區和戴著黑色口罩打照面的她的模樣。同時浮現的兩張臉是如此不同。我第一次想像起這兩張臉之間流逝的時間。

我指責她為什麼變了的時間、我想要抹滅這些改變的時間、也許是我永遠無從得知原由的時間，關於這四年的時間，我什麼都看不到，眼前一片黑暗，就像是她和那些女性示威者身上的黑衣般。

我不自覺想起了那個清晨，她啜泣而我不知所措，無能為力的清晨。當時她是什麼樣的心情，我依然無從得知，其實她也不曾真正地告訴我。當時的我只是吃驚慌張，想快點結束那一刻。

無時無刻掛念兒子結不了婚的父母將在這座機場降落回國；比起結婚，選擇自己人生的她也將在這座機場搭機出發；而我只能呆滯地望著內心的黑暗。

我在那無盡黑暗中尋找著某項事物，期待某項事物。

而早已感到厭煩的我重新撐開雙眼。

一秒、一秒，時間流逝。

作者的話

女性主義者的戀愛陰屍路

三十多歲的女性主義者的戀愛幾乎是條「陰屍路」（The Walking Dead）。

這是不久前我和朋友聊天時說的話。在我們剛年滿三十的時候，頂多是座「叢林」，也就是說，這段時間裡情況惡化了許多。

影集《陰屍路》是描述人類試圖在充滿喪屍的世界生存，孤軍奮鬥的末日題材代表影集。儘管除了影集之外，還出了相關漫畫，不過我只看過影集第一季，但我想當時我說的話大概就是這個意思吧。

——獨自活在這個骯髒、心累又苦澀的世界。

——如果我想找到其他的人就必須先走出去，但是外面的世界全都是喪屍。

——萬一不幸被喪屍咬到，我也會變成喪屍，而外頭沒多少其他生存者生存的證據，也就是說，和我一樣流著相同血液的人類存在的機率非常低，為了尋找那個人，我必須冒著被喪屍追趕，被喪屍咬到的高風險。

——結論：留在原地一個人生活更好。

這準確地反映出我的，也是我們的戀愛現實。

朋友們被我逗笑，而我心裡流著淚。

有時候我的理性支配著我，告訴我絕對不能被收編到固有的父權制度之下，腦海中迴盪著不婚、不戀愛、不做愛、不懷孕的口號。但是有時候致命的孤獨又會擄獲我，我苦澀自問真的找不到和我共度下半輩子，賦予這辛苦人生意義的那個人嗎？

說真的，要是能和相愛又值得信賴的人共度下半生就好了。起碼我是這樣想。

這種想法應該沒有錯也不算特別瘋狂吧？

然而在這個社會上，每天都看得到私密聊天室的淫言穢語、雲端共享偷拍影片、社群論壇性交易高居全世界第六名、對女性施暴與殺害女性的新聞。對於網路性犯罪的爭論，引起大眾關注的同時，「如果這樣算是犯罪，那麼大多數的韓國男性都要入獄」已經是顯而易見的事實。女人相信自己能「全心信任眼前的男人，與他相愛一輩子」變成了不切實際的的瘋狂想法。

哪怕愛情是非理性的，但如果我們如今面對的悲慘事實是不理性就不可能和一個人相愛，說得直白一點，生疏地尋找真愛的人實際上被喪屍咬到的可能性極高。才不過幾個禮拜之前，也就是我寫這篇文章的同時，大眾認知中有錢又帥氣的名人們才剛被揭發用藥物迷姦與廣傳偷拍（事件後續真相仍在繼續確認中）。

《陰屍路》是充滿血腥殺戮的影集，也是二〇一九年韓國的悲慘現實。所以，活出自我以守護我的人生的欲望與某人長相廝守共度一生的念頭，不得不發生正面衝突，尤其女性們更是如此。

在此一定會有一些感到冤枉的男性。男人也很害怕談戀愛，談戀愛結婚的話會失去自由，還要花很多錢……諸如此類的言論，我相信大家都懂，無需多言。

可是我的約會對象說不定會對我施以約會暴力的恐懼；提分手時，也許對方會殺害我和我的家人的恐懼；背地裡進行著我不知道的性交易，害我感染性病的恐懼；倘若不小心懷孕，我必須一個人承受非法墮胎的恐懼；在我面前體貼、多情地笑著的男人，一轉身在私密聊天室裡笑嘻嘻地散播其他女性的偷拍影片的恐懼；也許我就是被偷拍的當事人的恐懼……各位男性感覺得到嗎？感覺得到每天像被父權制度和性化（Sexual objectification）的尺度鞭打的痛苦嗎？有經歷過除了胸部和性器之外，還是個擁有大腦的人類的事實卻屢遭否定的經驗嗎？有被從這個角度上看起來，手臂會不會很粗、肚子的肥肉有沒有跑出來的強迫念頭折磨過嗎？有過對方單方面享受做愛，不關心我舒不舒服，做愛結束後又不知怎麼表達的鬱悶嗎？老實說，能理解嗎？

問我是不是說得太誇張了？那麼請去問問你們身旁的女性們吧。

像是淋著春雨被獅群追逐的水牛的孤獨，和「成為獨居老人孤獨老死」的社會威脅的確是事實，諸如此類反烏托邦的現實經常使我精神分裂，啊啊，要我怎麼辦啊。我跳著扭扭舞，竭盡全力描繪出這些現實的煩惱和徬徨，我寫下的文字就是這本小說。

當然，小說中的她做出了「選擇」。

不過在明知走出去極可能被喪屍咬的時局下，選擇獨自生存究竟是對的選擇嗎？其他選擇也得有意義，這個選擇才有意義，不是嗎？如今這種選擇不過是為了生存的次要方案。

若這個世界不改變，外面世界的喪屍威脅不消失，現在的女人們是不會盲目地走出去的，意即女人們不會像過去那樣輕易送上頸項任喪屍宰割。事實上，這個世界正在改變。二〇一九年四月十一日，韓國墮胎罪宣告違憲，墮胎罪終於走入了歷史。我衷心希望這本小說中提到的所有故事，在不遠的將來都能成為歷史，讓我們能盡情嘲笑「二〇一八年還有過那樣的事情」該有多好。

二〇一九年的此刻，《陰屍路》仍未終映，我不知道那個世界會變得怎樣，不過大概會像所有的好萊塢故事般，人類獲得最後的勝利，重返和平世界吧？萬一結局不是這樣子，會讓人非常困擾，因為這代表人類迎來了末日。這不單純是《陰屍路》的故事，我們面對的現實雖殘酷，但我們要發揮人類之女的積極天性，縱使希望渺茫，我們也要擁抱著期待，高呼我們還沒死，挺身鬥爭。

我願這本小說裡的無數故事，能成為這場為了創造「快樂結局」的鬥爭中的小小槍聲。

大家應該都清楚喪屍會說自己不是喪屍吧？

不，應該說喪屍想否認自己是喪屍？

這些喪屍到底想表達什麼？

現在開始好好聊一下吧。

二〇一九年五月

閔智炯

國家圖書館出版品預行編目資料

她厭男，她是我女友 / 閔智炯 著；黃莞婷 譯--
初版.--臺北市：皇冠, 2021. 06
面；公分. --（皇冠叢書；第4946種）(JOY；226)
譯自：나의 미친 페미니스트 여자친구
ISBN 978-957-33-3729-4(平裝)

862.57　　　　110006347

皇冠叢書第4946種
JOY 226

她厭男，她是我女友

나의 미친 페미니스트 여자친구

作　　者—閔智炯（민지형）
譯　　者—黃莞婷
發 行 人—平雲
出版發行—皇冠文化出版有限公司
台北市敦化北路120巷50號
電話◎02-27168888
郵撥帳號◎15261516號
皇冠出版社（香港）有限公司
香港銅鑼灣道180號百樂商業中心
19字樓1903室
電話◎2529-1778　傳真◎2527-0904
總 編 輯—許婷婷
責任編輯—黃雅群
美術設計—李偉涵

著作完成日期—2019年
初版一刷日期—2021年6月
法律顧問—王惠光律師

讀者服務傳真專線◎02-27150507
電腦編號◎406226
ISBN◎978-957-33-3729-4
Printed in Taiwan
本書定價◎新台幣380元／港幣127元